U0075936

少年陰陽師

しょうねん おんみょうじ

少年陰陽師 肆拾捌

眞情之守

そこに、あどなき祈りを

結城光流—著　涂愫芸—譯

「少年陰陽師」出場人物介紹

【京城寢宮】

脩子

內親王，曾因神詔而長住伊勢。年紀雖小，卻是個聰明的公主。

彰子

左大臣道長的大千金，擁有強大靈力，現改名為藤花，服侍脩子。

風音

道反大神的女兒。原與晴明為敵，後來成為昌浩等人的助力，現以侍女「雲居」的身分服侍脩子。

藤原敏次

比昌浩大三歲的陰陽生，是最年輕的陰陽得業生。

【冥府】

冥府官吏

守護三途川的官吏，神出鬼沒。

榎岦齋

安倍晴明的朋友，原是個陰陽師，現在替冥府官吏做事，待在夢殿。

青龍

木將，四鬥將之一，從很久以前就敵視紅蓮。

天空

土將，外貌是個老人，統領十二神將。

六合

沉默寡言的木將，四鬥將之一，非常保護風音。

天后

水將，個性溫和、身段柔軟，隨侍在晴明身旁，照料晴明。

朱雀

與紅蓮同為火將，是天一的戀人。

太裳

土將，個性沉穩，昌浩小的時候，隨侍在成親身旁。

天一

心地善良的土將，朱雀稱她為「天貴」。

白虎

風將，體格魁梧壯碩，有時會採取肉搏戰。

【安倍家】

安倍昌浩

十八歲的半吊子陰陽師。
擁有強大靈力，陰陽師的才能在安倍家也是出類拔萃。
最討厭的話是「那個晴明的孫子!?」

安倍晴明（爺爺）

絕代大陰陽師，是昌浩的祖父。
身上流著天狐的血。
有時會使用離魂術，以二十多歲的模樣出現。

吉昌

昌浩等人的父親，天文博士。

成親

昌浩的大哥，是陰陽博士。
與妻子篤子之間有三個孩子。

露樹

疼愛昌浩等孩子的母親。

昌親

昌浩的二哥，是陰陽寮的天文得業生。

【十二神將】

紅蓮

十二神將中最強、最兇悍的鬥將，又名騰蛇。會變成「小怪」的模樣，跟在昌浩身邊。

小怪（怪物）

昌浩的最佳搭檔，長相可愛，嘴巴卻很毒，態度也很高傲，面臨危機時會展露神將本色。

勾陣

土將，四鬥將之一，通天力量僅次於紅蓮。

太陰

風將，外貌是約六歲的小女孩，但個性、嘴巴都很好強。

玄武

水將，與太陰同樣是小孩子的外貌，但冷靜沉著。

子之刻

夜已深沉，京城大路的一隅，微微傳來野狗的遠吠聲。

心情大好的獨角鬼，骨碌骨碌滾動似的走著，看到有東西掉在路旁，便停下了腳步。

「咦？」

它輕手輕腳地走過去，撿起來看。

是人類穿的外褂，看起來不是新的。

「這種東西怎麼會掉在這裡？」

它扭來扭去鑽進袖子，再從前襟鑽到另一邊袖子。

「嘿咻！」

把角從袖口穿出來的獨角鬼，得意地笑了起來。

它心想何不把這件衣服帶到大家聚集的那座宅院，鋪在地上呢？可以當成人類使用的坐墊。有條布鋪在地上，會比直接坐在冰冷的地上更有情調。

「小姐來的時候說不定也用得上，啊，可是沾到泥土了，最好先洗過吧？」

總之，要先帶去大家聚集的地方。可是，對獨角鬼來說，要自己一個人搬運這件外褂有點困難。

因為它的個子太小，不管怎麼努力搬運也只能拖行。

可能的話，它希望可以乾乾淨淨地搬運。

「嗯，先藏起來，再找誰來幫忙吧？」

邊搔著圓圓的頭邊思考的獨角鬼，忽然聽到風嘯聲。

它轉動小小的眼睛，看到遙遠的地方有道氣息如蒸騰的熱氣般升起。

「那是什麼？」

纏繞著蒸騰熱氣的黑影逐漸擴大。

以驚人的速度靠近的黑影，散發著妖氣，而且是兇險的妖氣。

妖力遠超過獨角鬼經常相處的小妖們，足以危害人類。

獨角鬼慌忙躲進袖子裡，屏住氣息希望能度過危機。

然而，逼近眼前的妖怪，不知道在想什麼，粗暴地抓起了獨角鬼躲在裡面的外褂。

「——唔！」

微弱的驚叫聲被捲入風中。

妖怪瞬間消失了蹤影。

◇ ◇ ◇

尖叫聲四起，趴躂趴躂的混亂腳步聲來來去去，響起害怕的啜泣聲。

燈一盞接一盞點燃的宅院裡，每個人都臉色發白。

失去冷靜的家僕和侍女們跑來跑去的渡殿上，有個小小的身影跳下來。

是自己會動的竹製老舊樂器。

這枝笙避開人類的耳目，摸黑越過庭院，爬上樹木跳到圍牆上。

再回頭看一眼喧囂吵鬧的宅院後，笙就從牆上跳下去了。結果著地失敗，顛仆摔倒，骨碌骨碌翻滾。

笙沒有拍掉沾在身上的沙子，馬上爬起來往前跑。

「救命啊，快來人啊……！」

這個聲音毫無疑問是來自笙這個器物。

這枝笙是付喪神，小妖們都叫它「付喪笙」。

它本來只是普通的樂器，經過漫長的時間，才剛剛變成付喪神。以妖怪來說，它還是新生、還不成熟。有這個自覺的笙，每天都努力學習，希望可以早一天成為優秀的小妖。

笙不斷奔跑、奮力奔跑。然而，它的身體太小，所以不管多拚命，速度都不可能增加多少。

順道一提，笙在變成付喪神的時候，身體會長出像針那麼細的手腳。在長出手腳的同時，竹管前面也會張開兩個小眼睛。

有四肢的笙，在月光照耀的小路上奔馳。

如果有人類經過，看到這個光景，一定會目瞪口呆。

但這裡是平安時代的京城，是惡鬼怨靈、妖魔鬼怪的魔都。所以，人類在震驚之餘，可能會想到這種光景在所難免，莫名其妙地面對現實。

「快來人啊……！」

付喪笙震動竹管，拚死拚活地跑。如果它是人類，現在應該是咬牙切齒，握緊了拳頭。

啊，在這刻不容緩的緊要關頭，好恨走起路來這麼慢的身體。

「有對翅膀該多好……！」

它扯著嗓子這麼哀號，就聽見拍振翅膀的啪唦聲。

笙仰望天空，看到遮住月光的身影，在夜空滑行翱翔。

「啊，舞方大人！你來得正好！」

舞方聽見笙的聲音，臨時在小路上降落，歪著倒三角形的頭，輕輕舉起右前臂。

「吱喳吱喳？」

譯：怎麼了？笙大人。

「這一定也是上天的安排，原來神明也會實現小妖的願望……！」

「……」

舞方心想成為付喪神的笙，自己也是算吊車尾的神吧？但它沒說出口。

被小妖們稱為舞方的蟲妖，是有成人那麼高的巨大妖怪螳螂。為了配合笙的身高，它彎起了三對腳。

笙吁吁喘著氣，拜託螳螂舞方說：

「舞方大人，請載我走！」

◇　◇　◇

住在京城的小妖們，在京城外也有巢穴。

但那個巢穴的產權，當然不屬於它們。不是原來的持有人死了，就是房子頹圮破落，失去價值，被拋棄了。

總之，就是小妖們霸占了被長期棄置任憑荒廢的建築物，在那裡進進出出而已。

「貴族不是都在宇治或嵯峨擁有別墅嗎？所以我們就有樣學樣啦。」

驕傲地挺起胸膛的猿鬼說完後，龍鬼也興奮地接著說：

「在這裡可以盡情地吹奏，不用顧慮任何人。」

「我們都會用心聽你吹奏，對吧？各位。」

鳥妖鵺鳥骨碌轉動沒有眼珠子的全黑眼睛，視線掃過所有同伴，全場就響起了熱烈的歡呼聲。

「……」

以坐姿看著鳥妖的小怪，慢慢把頭轉向了旁邊。

蹲著垂下頭的昌浩，在嘴裡低聲嚷嚷：「有問題……」

「嗯，也許吧。」

小怪的白色長尾巴甩來甩去。

「有問題，絕對有什麼問題。」

「不是有什麼問題，是根本就有問題。」

今晚的月亮將近圓滿，皎潔地照亮著地面。

小怪的夜間視力很好，所以在黑暗中也可以自由行動，但昌浩是人類，有這樣的亮度會比較方便。

雖然使用暗視術，可以看得跟白天一樣清楚，但是，有沒有月光還是有一點差別。以大晴天和陰天的差別來說明，可能會比較容易理解吧。

用右前腳搔著頭的小怪，瞇起眼睛，抖抖耳朵，忽地往後看。

隱形的十二神將六合，無聲無息地現身了。乍看面無表情，但向來缺乏感情色彩的黃褐色眼眸難得出現了反應。

「你好像很開心呢，旦那[1]。」

「沒……」

六合用缺乏抑揚頓挫的語氣簡短回應，但其中混雜著情感的波濤，小怪和昌浩都清楚聽出來了。

不悅全寫在臉上的昌浩，回頭對他說：

「六合，你有話就說啊！」

1.老爺、大人之類的稱呼，來由請參考第四集。

「我沒什麼話要說。」
「真的沒有？」
「是的。」
吶吶回答的六合，表面上的確是跟平常一樣寡言、冷漠。
滿臉猜疑的昌浩把頭轉回來，看到那麼多張臉都眼睛發亮地看著自己，不禁沮喪地垂下了肩膀。
「怎麼會變成這樣……」
昌浩瞪著握在右手裡的細長布包，低聲嘟囔。
小怪看著這樣的昌浩，嘆口氣說：
「唉，加油吧，晴明的孫子。」
「別叫我孫子！」
昌浩大吼一聲，擺出苦到不行的苦瓜臉。
在眾小妖的注視下，百般不情願卻不得不認命的昌浩，解開手中布包的繩子，拿出裡面的龍笛。
也不知道誰帶的頭，霎時掌聲四起，昌浩把眉頭鎖得更緊了。
他站起來，把笛子的洞對準嘴唇，吸入了空氣。
於是，吹出了在清澄的風中繚繞般的驚豔音色——當然不是這樣。
昌浩的手一停下來，小妖們就刻意擺出誇張的跌倒動作。

小怪露出很想哀嘆「啊～」的眼神，抬頭看著昌浩。不過，從它的表情可以知道，它早就料想到會是這樣的結果。

它用後腳搔搔脖子四周，「嗯～」地低吟起來。

「果然只有一次啊……」

「是啊……我早就知道了……」

昌浩不擅長吹笛子。元服儀式前，他曾接受橫笛師的指導，結果被暗示沒這種才能，而且是蓋章掛保證。

這次正月發生一件大事，當時他吹出了還能聽的音色，但那個音色與他的實力是完全不同的層次。

那應該只是一份禮物。要不然，憑昌浩只能勉強吹出聲音的本事，根本吹不出那樣的音色。

這種事昌浩自己比誰都清楚，但還是希望至少可以進步到一般人的程度。

所以，他會在家人都睡著後的半夜，悄悄溜出家門，進行秘密特訓。

地點已經決定，就是正月時使用的宅院。那裡沒有人住，庭院也夠寬敞，周遭的住家也不密集，不會打擾到任何人。

昌浩是這麼想，但一如往常蜂擁而來的小妖們，硬是把他帶來了這裡。

陰陽師為了小妖不得不改變目的地，這樣好嗎？真的好嗎？

不好，當然不好。

而且，小妖們為數眾多，排成了有點長的隊伍。看在旁人眼裡，根本就是百鬼夜行。陰陽師被淹沒在隊伍裡抬著走。

有問題、絕對有問題。

啊，我為什麼不把它們全部祓除呢？要祓除它們不是難事，兩三下就解決了。它們總是、總是、總是、總是毫無顧忌地壓扁我，是一群目中無人、只會添亂子、任性到極點的傢伙。

把笛子握到不能再緊的昌浩，狠狠瞪著小妖們。

小妖們也不知道是否了解昌浩那樣的內心世界，露出掃興的表情回看昌浩。

「啊——啊——那次果然只是僥倖。」

「哎，人生不可能那麼順利啦。」

「沒辦法，就老老實實地練習吧。」

「沒錯，我們都會替你加油。」

「加油啦！」

「對，晴明的孫子！」

小妖們還誠懇地唱起了整齊劃一的大合唱。

昌浩間不容髮地怒吼：

「我說過不要叫我孫子——！把你們統統祓除喔，可惡！」

小怪斜眼看著怒不可遏的昌浩，瞇起眼睛偷笑。

昌浩老把祓除、祓除掛在嘴上，但小怪和小妖都知道他不可能那麼做，連他自己都知道。

小怪輕盈地跳到昌浩的左肩上，甩動長長的耳朵。

它的身體像大貓或小狗，但幾乎感覺不到重量。全身覆蓋著純白色的毛，長長的尾巴晃來晃去。邊甩著長耳朵邊細瞇起來的眼睛，宛如融化的夕陽。脖子周圍有一圈勾玉般的凸起，白色額頭上有花朵般的紅色圖騰。

「昌浩，你吼得再大聲，笛子也不會進步。」

「少囉唆，小怪，你不過是隻怪物。」

「我不是怪物！你說話要前後連貫嘛，吼！」

小怪齜牙咧嘴地抗議。昌浩隨手把它從肩上拍落，重新拿起笛子。

撲通掉下去的小怪，按著撞到地面的頭，眼睛半張地埋怨昌浩太不講理。

看著這一幕的六合，瞇起眼睛，露出「這傢伙就是學不乖」的眼神。

「總之，要先學會吹出每一個音……」

說到這裡，昌浩忽然眨了一下眼睛。小怪察覺他的動靜，歪著頭問：

「怎麼了？昌浩。」

「基本音……是怎樣的音呢？」

「啊？這個嘛……哎，要用嘴巴說明有點困難呢。」

這麼說的小怪面有難色，視線很快掃過小妖們。被掃到的小妖，都愣愣地回看小怪。

看著小妖們好一會的小怪，登登往前走，不禁蹙起了眉頭。

「咦？……不在呢。」

大蜘蛛猜出東張西望的小怪在找誰，舉起一對腳中的其中一隻，說：

「喔，那小子還沒來，平常這個時間都已經到了。」

「啊，對哦，還沒看到它呢。」

魑鳥轉動沒有眼珠子的眼睛，把翅膀前端舉到眼睛下方。

小怪嘆口氣說：

「太可惜了，有它在，事情就好辦了。」

「小怪？」

聽不懂大家在說什麼的昌浩，狐疑地皺起了眉頭。

小怪扭頭越肩對他說：

「就是那個笙的付喪神啊，我想請它吹給你聽就行了，可是它今天好像沒來。」

「哦。」

昌浩點頭表示明白了。

「琵琶或篳篥的付喪神在嗎？」小怪問。

小妖們你看我我看你，紛紛搖著頭。

「它們偶爾會來，可是今天都沒來。」

「可是，篳篥和琵琶都是很老的老人了。」

「要讓那麼老邁的軀體太辛勞，我們可不贊成哦。」
昌浩看著你一言我一語的小妖們，在心裡暗自思忖。
什麼老邁的軀體嘛，付喪神不過是從器物演變出來的東西，又不是生物。
可是，等等，在變成異形時就有了生命，所以從這點來看，算是活著吧？不過，付喪神都是經過以百年為單位的時光，被疼惜、被注入強烈愛心的器物演變而成的東西，所以，感覺只是暫時的生命，並非真正的生命。可是它們又會經過思考才行動，可見擁有一顆心，所以一口咬定它們是暫時的生命，似乎又太過蠻橫。
握著笛子胡思亂想的昌浩，發現不覺中小妖們和小怪都盯著自己看。
「嗯？」
「看你的表情像是在想些有的沒有的事噢。」
小怪露出半傻眼的神情，昌浩輕輕瞪它一眼，拿起了笛子。
被小妖們帶來這裡，他還是很難接受。但是，這座宅院位在遠離京城的山腳下，是個不管怎麼吵都不用擔心會打擾到別人的地點。
就豁出去了吧。
首先要把音吹出來。不打好基礎，就別想要吹出旋律。
不管做什麼事，基礎都很重要。陰陽術是這樣，雅樂也是。
昌浩做什麼都很努力。因為要讓不會的事變成會，必須努力。只要努力，就會有成功的一天。

——按理是這樣，但也有非常罕見的例外。

小怪忽然別過臉去，做出用前腳擦拭眼睛的動作。

「嗚嗚，居然沒才能到這種程度，也太厲害了……」

「小怪，你是故意說給我聽見吧？」

「不、不，絕對不是。」小怪豎起一隻白色耳朵，轉向昌浩說：「不過，可不可以不要堅持吹笛子，換成琵琶？」

「也被說過沒才能了。」

「那麼，換成琴……啊，那是女人的樂器。呃——對了，不如擊大鼓吧？啊，還可以吹海螺。鈴鐺叮叮噹噹響的聲音也不錯哦——」

小怪舉例的樂器越來越不需要技術。

不用想也知道是在耍人。

小怪對眼睛半張的昌浩說：

「好了，不跟你開玩笑了。」

「是玩笑嗎？」

「那叫說話的技巧，聽聽就算了。」

「你、你這個怪物……！」

六合擔心昌浩一時衝動，會把說話輕佻的小怪踢飛出去，所以不露聲色地縮短了與昌浩之間的距離，以備隨時可以抓住他的衣領。

「再怎麼說，你都算是個貴族。的確有必要把笛子吹到一般人的程度，笛子的聲音又有淨化作用，所以學會絕對不吃虧。」

昌浩嘆口氣說：

「我當然知道，所以才要練習啊……唉……」

想到自己的笛子技術也曾經被高大如人類的怪物螳螂嘲笑過，昌浩忽地沉下了臉。

「喂，怎麼了？」

「沒什麼，只是想起高大的螳螂。」

頗能理解的小怪點點頭說：

「哦，那傢伙啊，以異形來說，它是很厲害的舞者。」

忽然，小怪眨眨眼睛，抿嘴一笑。

「昌浩，舞蹈也有淨化的力量喔。」

正要拿起笛子的昌浩停下動作，皺起了眉頭。六合默默向前跨出一步。

「小怪，不管從任何角度來說，那句話都是在向我挑戰吧？」

聽到帶著殺氣的低嚷聲，小怪咯咯笑了起來。

「不、不，絕對不是。」

雙手緊握笛子的昌浩，氣得肩膀顫抖。

「反、反正、反正……」

小妖們透過視線交談。

除了陰陽術之外，孫子真的沒有其他長處呢，在貴族社會很難存活。

當貴族還真辛苦呢，麻煩、瑣碎、有的沒有的事一堆。

看樣子已經放棄練習的昌浩，一隻手抓住了小怪的脖子。

他把小怪懸空抓到臉的前面，兩眼發直。

「我現在才想到，你自己也什麼都不會，不要笑別人！」

笛子、琵琶、舞蹈統統都不會的人沒資格說教。

在半空中搖來晃去的小怪，趁勢跳到昌浩的肩上，一副吊兒郎當的樣子，不假思索地說：

「誰說我不會？」

「就算是神將，也……咦？」

昌浩發出驚訝的叫聲，夕陽色的眼眸若無其事地看著他。

「呃……小怪，你會什麼？」

「全部都會。」

這還是第一次聽說。

「神將畢竟是居眾神之末，只是有的擅長、有的不擅長。」

昌浩連忙回頭看六合。缺乏表情的黃褐色眼眸，清楚浮現肯定的神色。

小怪舉起前腳，對啞然無言的昌浩口若懸河地接著說：

「說到舞蹈，就是天一啦，她跳起舞來可優雅了。有機會的話，請她跳支舞給你瞧瞧。」

想想天一的儀態、舉手投足就知道了。

「好羨慕十二神將啊……」

「這是重點嗎？」

「不是嗎？」昌浩用笛子前端咔哩咔哩搔著太陽穴一帶，把嘴巴撇成ㄟ字形，對小怪說：「那麼，小怪，你會吹笛子囉？」

「總之，不要叫我小怪。我已經很久沒吹了，要找回感覺……嗯？」

話說到一半，小怪抬頭看看天空就從昌浩肩膀跳下來了。

「小怪？」

視線追逐著小怪的昌浩，發現小妖們都跟剛才的小怪一樣，抬頭看著天空。

就在昌浩要跟著抬頭看天空的瞬間，響起咚的一聲巨響，讓他眼冒金星。

「……痛死了……！」

幾乎叫不出聲來的昌浩蹲下來時，又有一個巨大的身影朝著他直直墜落。

張大嘴巴的小怪，急忙把昌浩踹倒。措不及防的昌浩摔倒在地時，跟人類一樣高大的螳螂，咚一聲降落在他的頭部邊緣。

「吱喳。」

譯：喔，沒壓到。

螳螂真的很懊惱。剛才壓扁昌浩的付喪笙，對螳螂深深行個禮說：

「謝謝你，舞方兄，從天空飛過來真的很快。」

「吱喳、吱喳喳、吱喳吱喳吱喳喳。」

譯：沒什麼，你常常替我伴奏，這是謝禮。

「只要你不嫌棄我的音樂，請隨時召喚我。」

「吱喳吱喳喳。」

譯：那麼，我就恭敬不如從命了。

付喪笙全心全意地不斷表達謝意後，轉向昌浩說：

「大事不好了，請協助我，孫子！……孫子？你怎麼還在睡覺？孫子，發生大事啦！」

笙毫不留情地用力搖晃按著頭躺在地上的昌浩。

鸕鳥走過來，用翅膀輕輕按住了笙的手。

「請冷靜點，笙。孫子的長處就是抗壓性高，不會被一點點小事擊倒，所以他一定可以幫上你的忙。」

「鸕鳥……是、是，孫子一定可以……孫子一定可以……」

搞不清楚狀況但知道有什麼事發生的小妖們，一個個走向忍住淚水的笙，在它旁邊各自發表激勵的話。

昌浩受到不是鬧著玩的撞擊，到現在還站不起來。小怪和六合半啞然地看著他。

「喂，昌浩、昌浩……」

小怪輕聲叫喚連話都說不出來的昌浩，六合也單腳跪在地上，倏地把手伸到昌浩被笙撞到的頭部，注入一點神氣，如狂風暴雨般襲擊昌浩的劇烈疼痛就稍稍緩和了。

終於張開眼睛的昌浩，看到小怪和六合都擔心地看著他。

「你還好吧？」

小怪輕聲詢問，六合的眼神也問著同樣的話。

「還、還好……才怪……」

勉強回應的聲音帶著嗚咽也是沒辦法的事。

丑之刻

付喪笙哭得稀里嘩啦。

不過，笙是樂器的付喪神，並不會掉眼淚，只是動作、語調給人那樣的感覺，所以假設它是人，應該就是那個樣子。

「小、小少爺、小少爺……」

笙抽抽噎噎地啜泣，鵺鳥和蜘蛛都依偎在它身旁。

為情況憂慮的小妖們站在後面，憂心忡忡地聽著笙說話。

其中，螳螂舞方還跳起了肅穆的舞，表達哀嘆的心情。

看著舞蹈的猿鬼和龍鬼不時拭淚，虎蛙、熊蛙兩位也垂頭喪氣。

坐在昌浩旁邊的小怪，邊聽笙說話邊看著小妖們的模樣，露出複雜的表情。

「……」

它是拚命忍住了笑。不管怎麼樣，在這種狀態下笑出來，都會被嫌棄。

小妖們和笙都很嚴肅。小怪並不想跟它們一樣，但也不想被誤會自己是在嘲笑它們、瞧不起它們、不把這件事當一回事。

這種時候，小怪有點羨慕六合可以馬上隱形。

好不容易從笙的痛擊活過來的昌浩，看著悲痛陳述的笙，表情有點複雜。

他一副有話要說的樣子，皺著眉頭，把嘴巴撇成ㄟ字形。

小怪甩著白色的長尾巴，抬頭看著昌浩。

「還痛嗎？昌浩。」

被問的昌浩把眉頭皺得更緊了，默默點著頭。

小怪在嘴裡「哦」地低吟，眨了眨眼睛。想也知道，笨的軀體又硬又重，頭蓋骨沒被撞出問題就是萬幸了。搞不好昌浩有顆石頭般的頭。

這樣東想西想的小怪，舉起前腳說：

「回去後向晴明要張止痛符吧？最好再請他念道咒文，頭部的傷一定要謹慎處理。」

昌浩露出了可怕的眼神。

「我絕對不要。」

「喂、喂，我這麼說是擔心你啊。」

「我知道，可是我不要就是不要。」

「還真堅持呢，怎麼了？」

昌浩吊起眉毛，對滿臉疑惑的小怪說：

「你想想看啊，小怪，如果我說因為這樣、那樣，我頭很痛，所以請爺爺幫幫我，爺爺會怎麼回我？」

小怪眨眨眼睛，圓睜著夕陽色的眼眸。

多少可以想像得到。

昌浩又對著沉默不語的小怪，喋喋不休地說了一長串。

「他會說喔、喔，昌浩，被百鬼夜行帶走就很嚴重了，你居然還躲不過自天而降的小妖，你這樣也算是陰陽師嗎？連察覺氣息逼近的本事都沒有，我這個爺爺想悠閒退

休根本是作夢中的作夢……哼，那隻臭狐狸……！」

雖不是真的聽到晴明這麼說，昌浩腦中卻清楚浮現晴明邊裝哭邊滔滔不絕埋怨的模樣。

小怪揮揮前腳，安慰被自己的想像氣得七竅生煙的昌浩說：

「不會啦，這次你差點就沒命了，他還不至於那麼說吧，倒是……」

倒是小怪和六合被苛責的可能性比較大，因為有他們陪在身旁，卻還是讓昌浩受傷了。

話說，這種時候，晴明並不會正言厲色地苛責。只會拿著檜扇，默默「啪」地拍打手掌，嘴巴沉靜地笑著。此時，老人的眼光會放射出一般妖魔鬼怪絕對逃不了的氣勢。

「……」

「小怪？」

不由得想像那個畫面的小怪，有股逃避現實的衝動。昌浩訝異地叫喚它。

小怪甩甩頭，舉起前腳說：

「沒、沒什麼，總之，你的確是受傷了……」

「兩位請專心聽我說話！」

這麼焦躁怒吼的是一直被遺忘的付喪笙。

昌浩和小怪慌忙轉向笙。

「我們在聽、很專心在聽。」

「騙人！你們都把我的話當成了笑話、胡扯吧？嗚、嗚、嗚哇——！」

「笙……你好可憐……」

強忍著淚水的鵺鳥，把翅膀擺在笙的背上。蜘蛛一個箭步竄出來，走到一個器物與一隻鳥前面。

「太過分了，還有比這更過分的事嗎？小妖也有認真的時候啊，你們兩個卻當它是……！笙這麼仰賴你們，你們卻……！」

發出來的怒吼聲止不住地顫抖。

昌浩依序看著笙、鵺鳥、蜘蛛的臉，開口說：

「啊，呃，我沒那個意思……不過……」

「住嘴，你這個混帳！我們不想聽你辯解！」

題外話，這隻蜘蛛是來自東國。嘴巴很壞，但派頭十足，是比小怪更大隻的長腳蜘蛛妖怪。

「不，我不是要辯解……」

「嗚哇——！小少爺、小少爺——嗚哇——咽！」

「好過分、好過分。」

「說有多過分就有多過分。」

「我還以為只有你跟其他人類不一樣……」

笙大哭大叫，虎蛙、熊蛙和百目妖怪也跟著它哭，猿鬼和龍鬼也跳出來放聲大叫。

「我們錯看你了，晴明的孫子！」

「不要叫我孫子！」

怒吼的昌浩猛然站起來，瞪視所有的小妖。

「從剛才笙就只喊著『小少爺、小少爺』，根本沒說發生了什麼事、現在是什麼情況？你們憑什麼把我罵成這樣？」

小妖們都圓睜著眼睛，回看一口氣把話說完的昌浩，然後與自己左右的同伴彼此對看。

站在小妖後面的螳螂舞方，把右前臂抵在下巴上，擺出深思的姿勢。

「吱喳、吱喳、吱喳喳。」

譯：喔，這麼說也有道理。

小妖們眨眨眼睛，把視線轉向付喪笙。

趴在地上哭的笙爬起來，疑惑地歪起頭。

「咦……」

是這樣嗎？笙用眼神詢問同伴們。坐在昌浩旁邊的小怪，半張著眼睛對笙點點頭。

笙咔哩咔哩搔著竹管的側面，輕輕乾咳幾聲，然後登登跑向昌浩，指著京城的方向說：

「發生大事了，請你幫幫我。」

笙抓住昌浩的狩褲下襬，眼看著就要衝出去了。

「我邊走邊告訴你事情的經過，現在請馬上跟我走。」

昌浩暗自思忖。

為什麼小妖或亡靈動不動就來找自己幫忙呢？

昌浩和小怪都跟著笙回京城了，所以小妖們各自放鬆了心情。

「笙不會有事吧？」魑鳥擔心地說。

蜘蛛用一對腳拍拍它的背說：

「阿魑，別看笙那個樣子，它可精明能幹了，不用擔心。」

「老爹……嗯，說得也是，有孫子和式神陪著它。」

「是啊。」蜘蛛點點頭，忽然察覺什麼似的環視周遭，「對了……真難得，沒看見獨角鬼呢。喂，猿鬼、龍鬼。」

被點名的猿鬼、龍鬼趴躂趴躂跑過來。

「什麼事啊？老爹。」

「獨角鬼今天怎麼了？」

猿鬼與龍鬼困惑地彼此互看。龍鬼回詫異的蜘蛛說：

「我們一直在等它，可是它都沒來。我們說今天蜘蛛老爹會來，要請老爹織蜘蛛網來玩呢。」

「它是最期待的一個，沒來太奇怪了。」

「獨角鬼那個小不點，到底跑去哪蹓躂了……」

蜘蛛雖然性格差、嘴巴壞，但心腸比誰都好，很照顧大家。它顯得坐立難安，急著要跑出去找。

眉頭深鎖的猿鬼，忽然拍一下手說：

「啊，對了，我想到好主意了，先走了。」

龍鬼看到猿鬼的眼睛閃閃發亮，露出靈光乍現的表情，舉起手說：

「啊，我也想到了，我們一定是想到同樣的事，走吧。」

「喔。」

蜘蛛和鸕鳥對蹦蹦跑出去的兩隻揮著手，目送它們離開。

其他小妖在它們後面圍成一個圈圈，螳螂舞方在圈圈裡跳了一支舞。

◇　◇　◇

絕代大陰陽師安倍晴明的宅院，有布設強韌的結界。

妖魔鬼怪絕對進不去。但是，有安倍家人的允許，就可以穿越守護的結界保護牆進入裡面。

未經許可企圖入侵的東西，會被結界阻擋，彈飛出去，搞不好會沒命。

平安京城是惡鬼異形猖獗跋扈的魔都，但住在這裡的妖怪們都知道安倍家有結界，所以安倍家的人每天都過著無憂無慮的生活。

沒什麼事發生時，晴明的每一天就過得比較規律。有怪事或大事發生時，就沒辦法那樣。像今天晚上這樣沒有緊急事件的日子，通常會在子時（十一點到一點）就寢。

坐在安倍家的屋頂上看月亮的天一，忽地垂下視線，瞇起眼睛說：

「他要是每天都這麼早休息，我們就可以少擔心一點了……」

現在丑時（夜裡一點到三點）已經過了一半。有事的時候，晴明到這個時間都不會睡覺。

站在她旁邊的朱雀苦笑著聳聳肩說：

「就是啊，每次昌浩出去夜巡，他不等到昌浩回來絕對不睡覺，這樣對他自己的身體很不好……」

「他不聽勸也沒辦法啊……其實他自己也知道不好。」

「可是還是會擔心，這一點我們也跟晴明一樣。」

人類的壽命很短。相較於居眾神之末的神將，就像眨個眼那麼短暫。

神將們都希望他留在這世上的日子可以再長一些。

今天昌浩也外出了，不過，是為了練笛子。有騰蛇和六合陪著他，所以不會有問題。

「起碼在這麼平靜的時候……咦？」

說到一半的天一欠身而起。

剛才從正下方傳來推開木拉門的聲音。響起了輕微的傾軋聲。是從房間出去外廊

的木拉門被推開了。
朱雀比天一慢個半拍站起來，捧起正要察看外廊狀況的天一的身體，輕輕抱著她，直接從屋頂跳下來，毫不費力地降落在池子前面。
「不要突然跳下來，會嚇到我。」
站在外廊的晴明，如他自己所說真的滿臉驚訝。剛起床的老人，只在肩上披了一件外褂，看起來很冷。
從朱雀懷裡下來的天一，美麗的臉龐浮現憂慮。
「晴明大人，天氣這麼冷對身體不好，請快進屋內……」
「好，我馬上進去。不過，要先弄清楚一件事。」
「晴明？」
晴明對疑惑的朱雀點個頭，抓住高欄，抬頭望向天空。
明天是滿月。充斥周遭的寒氣，從單衣的前襟、袖口鑽進衣服裡。
「我雖不是昌浩……但也覺得有紅蓮在還滿方便的。」
「晴明，聽到你這麼說，想必騰蛇也會生氣。」
朱雀一臉木然，晴明卻正經八百地說：
「可是，你不覺得現在這個季節，那個白色異形的模樣，很適合用來圍脖子嗎？真虧昌浩想得到呢。」
「我知道了，改天我會把你說的話，一字不差地告訴騰蛇。」

晴明慌忙舉起手說：

「等等，千萬不要，從你嘴巴說出來，怎麼聽都不像玩笑。」

眼前浮現小怪豎起全身白毛，憤怒地說「晴明你居然也這麼想」的模樣。

「因為我向來很正經啊。不過，既然你這麼說，我就不跟他說了。」

「拜託別說。」

聽著晴明與朱雀對話的天一，掩著嘴輕輕笑了起來。

朱雀也笑得好得意，晴明承認慘敗，面露苦笑又抬頭望向天空。

他的眼神浮現憂慮。朱雀和天一都沉默下來，查看主人的神情。

望著月亮好一會的老人，眼神嚴肅地低聲嘟囔。

「某人的企圖……造成了陰影。」

一般人看不見的陰影，使皎潔地照耀地面的明月的光芒黯然失色。

「不管在任何時代，最可怕的都是人的思想……」

晴明的眼神犀利猶如刀刃。

「不像是針對皇上或大臣之類的陰謀……」

觀察到這裡，晴明發出深沉的嘆息。

忽然，背後出現一個高大的身影。是十二神將青龍，全身散發出比寒氣更冰冷的怒氣。

滿臉嚴肅地俯視著晴明的青龍，眉頭深鎖地低嚷：

「晴明，快進屋裡。」

「幹嘛啊，宵藍，一出來就訓斥我嗎？」

青龍的眼神更嚴厲了。

儘管被冰刃般的眼神射穿，晴明還是不為所動，滿不在乎。

「你呀，老是擺出那麼可怕的臉，會忘記其他表情哦。來，笑笑看或哭哭看，試試新的表情。」

「耍寶。」

一句話嗆回去的青龍是十二神將。目前，十二神將是晴明的式神，也就是說晴明是他們的主人。應該是。

有時連晴明自己都無法相信自己是主人這件事，但應該就是。

「宵藍啊，我覺得你說話太簡短，有需要改進。」

「我覺得沒需要。」

被低聲否決的晴明，誇張地嘆了一口大氣。

「等等，聽我說，宵藍，語言非常重要。不能把自己想的事完整地說出來，可能會導致誤解。」

「誰會誤解？」

「我的意思是可能有誰會誤解。」

「無聊。」

最後青龍乾脆痛快俐落地中斷話題。

不過，率領神將五十多年的晴明，也已經習慣了，不會因此退縮。

「我是希望你說話不要這麼冷漠，假如紅蓮這樣對你說話……」

「——」

青龍的雙眸迸射出酷烈的光芒。晴明眨眨眼睛，咔哩咔哩搔著太陽穴一帶。

「他是常常那樣……」

而且，他們彼此都是那樣。舉錯了例子。現在小怪很可能正猛打噴嚏——實際上，跟笙、昌浩在一起的小怪，的確突然打起了大噴嚏，昌浩擔心地問它怎麼了？是不是感冒了？

「紅蓮就算了，你要是對太陰或玄武說太難聽的話，他們很可能就不靠近你了哦。」

「無所謂。」

聽著他們之間一連串對談的朱雀，與天一相對互看一眼後，直接把有話想說的眼神轉向了主人。

他的眼神在說：「晴明，現在的狀況就是這樣啦。」

太陰和玄武雖是十二神將，但性情就跟外貌一樣。玄武不太會表現出來，但太陰就表現得很明顯。

「而且，我是沒關係，可是，勾陣和天后都是女生，你最好還是對她們溫柔一點、體貼一點。」

「比我厲害的勾陣需要溫柔、體貼嗎？」

「……」

說得也是。

青龍說的話很火爆，但有道理。

十二神將勾陣是四名鬥將中的一點紅，但通天力量僅次於最強的騰蛇。以前六合曾分析過，假如勾陣真的跟青龍打起來，占上風的絕對是勾陣。沉默寡言的他，又難得饒舌地補充說：「我可不希望看到那麼可怕的場面。」可見那是他的真心話。

藍色雙眸顯然變得冰冷。

「你也不要再囉哩囉唆廢話連篇了。」

「我是在告訴你這麼嚴苛會有問題，你真是說不聽呢。」

「我不覺得哪裡不好，你快回屋裡。」

「等等，你突然文不對題喔。」

「快回屋裡。脆弱的老人在丑時還搖搖晃晃地站在這裡，太不正常了，你是不是老糊塗了？」

「有必要說到這樣嗎？」

「哼。」

朱雀和天一苦笑起來。

別看青龍那樣，那可是他的溫柔、體貼呢，雖然非常難懂。

儘管晴明那麼說，但看在朱雀眼裡，青龍的語氣已經算是非常緩和了。可以跟他那樣對話，老實說是壯舉了。

青龍與六合一樣是話很少的男人，但類型不同。

一直在找時機的朱雀，就在這時候介入了。

「到此為止吧。晴明，夜風的確對身體不好。如果沒事了，最好聽青龍的話，回到屋裡。」

天一快步前進，輕輕觸摸站在外廊上的晴明的手。幾乎沒肉、瘦骨嶙峋的手，完全冰涼了。

「這樣下去，會冷入骨髓啊，晴明。」

青龍也無言地瞪視著晴明。

被三對視線施壓，晴明也挺不住了。

「唉，真是寡不敵眾。」

朱雀和天一覺得主人的牢騷很好笑，輕輕笑了起來。青龍滿臉不悅地望向其他地方，就隱形了。

晴明聳聳肩，猛然抬頭看著月亮低喃。

「那個陰影……」

「晴明？」

朱雀皺起了眉頭，在他旁邊的天一也跟著主人抬頭仰望天空。

「以前好像也看過同樣的情景。」

沒錯，應該是九年前左右。

「昌浩五歲的時候吧。」

那年決定下猛藥，計畫把昌浩丟在貴船，所以記憶特別深刻。

當時取名為「獅子推落小獅計畫」。據說，獅子會把出生三天的小獅子推落深谷，只承認爬上來的小獅子才是自己的孩子。不愧是獅子，所作所為與眾不同。

晴明認為要訓練勇氣，這是很好的方法。

地點選在貴船。為什麼？因為附近沒有像樣的深谷，所以選擇了山。

「好懷念啊。五歲的昌浩，現在都十四歲了……真是歲月如流呢。」

追述往事好一會的晴明，說到這裡就轉回了正題。

「當時有人在進行某個陰謀……我判斷對我的家人、周邊的人沒有影響，就沒有採取行動。」

那個陰謀成功了。在月亮的陰影消失後，一顆星殞落了。同一時間，晴明聽說一名文官去世了。

是怎麼樣的陰謀？是怎麼樣的來龍去脈？晴明若想調查，方法多得是。

但是，他決定不要牽扯進去，假裝什麼都沒發現，讓事情過去了。

晴明深知陰陽師不是萬能的，所以不會愚蠢到自己扛起所有的事。

那個時候，如果有人來向他求救，他也許就會採取行動。

但是，沒有人來對他說什麼，所以他沒有採取行動。沒有人可以責怪這樣的他，也沒有人會責怪他。

曾幾何時，再也沒有人提起那件事了，那個應該存在過的陰謀，也被時間的波濤沖蝕消失了。

在看到這次的月亮陰影之前，晴明也幾乎忘了這件事。

他瞇起眼睛，遙望遠處。

發現主人突然沉默下來，天一輕聲叫喚他。

「晴明大人……」

把視線從月亮往下拉到神將身上的晴明，微微一笑。是帶著苦澀的笑。

「人真的會後悔呢……」

九年前的那個時候，成為陰謀犧牲者的人，一定也有家人吧。

若是晴明出手，說不定可以阻止那件事。

天一尋思著該說什麼，朱雀把手搭在她肩上，直直盯著年邁的主人說：

「晴明，別忘了，你光是應付這雙手能保護的人就來不及了。」

微微瞪大眼睛的晴明，露出跟剛才不一樣的沉穩苦笑。

「你說得沒錯……」

把這雙手伸得再遠，能保護的人也有限。

所以朱雀告訴他，不要自己扛起所有事，因為做不到。

「這就是陰陽師的業報吧……」

真的很難解決。

天一用安慰的眼神看著嘆氣的晴明。

「晴明大人，快進屋裡吧，不要讓身體再受涼了。」

「我不是青龍，但也要說感冒就不好了。」

「啊，說得也是。」

老人苦笑著轉過身去。

這時，輕快的叫喚聲在他背後響起。

「喂——晴——明——！」

「晴——明——！」

晴明猛然停下了腳步。

不用回頭看也知道來的是誰。

寅之刻

嘆著氣把身體轉過來的晴明，露出半愕然的眼神。
「你們找我什麼事？」
蹦蹦跳躍的是小妖猿鬼和龍鬼。
「晴——明——」
「放我們進去啊——」
晴明陷入了沉思。他並不介意放它們進來。
可是，站在庭院裡的朱雀和天一，臉色都很難看。這也不能怪他們，因為主人好不容易決定進屋休息了，小妖們卻改變了主人的心意。
「晴明……」
半瞇起眼睛的朱雀擺出威嚇的表情。
晴明低聲沉吟，舉起一隻手說：
「等一下，粗暴地趕走它們也太可憐了。」
「它們有什麼事，告訴我們就行了。」
「那可不行，它們是在叫我。」
朱雀蹙起了眉頭。晴明慌忙向小妖們招手。這時候，如果青龍察覺情勢不對又折回來，就會不容分說地擊潰猿鬼和龍鬼。
被邀請的兩隻小妖，開心地跳進了庭院。趴躂趴躂跑過來的兩隻，被朱雀和天一擋住了去路。

猿鬼和龍鬼嚇得停下來，眼神帶點嚴厲的天一開口說：

「晴明大人該休息了，請你們長話短說。」

「唔，知道了。」

猿鬼猛點頭，旁邊的龍鬼偷偷抬頭看朱雀的臉。十二神將很可怕。沒什麼事還好，真把他們惹火了，眨眼間就可以消滅它們這樣的小妖。

「朱雀，不要那麼兇，會嚇到它們。」

把嘴巴撇成ㄟ字形的朱雀不情願地往後退。

「昌浩外出了，不在喔。」

「哦？」

晴明在外廊蹲下來，猿鬼和龍鬼走到他附近，彼此互看一眼點點頭。

「我們知道，他剛才還跟我們在一起。」

「我們有件事拜託你，晴明。」

「哦，拜託？」

晴明覺得很好笑。絕代大陰陽師居然從以前就這樣被小妖們拜託。這種事從他真的還很年輕的時候斷斷續續維持到現在，變成了習慣。

現在晴明老了，不太外出，所以它們漸漸把拜託的對象轉為孫子昌浩，但偶爾也會再回來找他。

「不過，請你們安靜一點，不要吵醒大家。」

看到晴明把手指按在嘴巴上滑動視線的模樣，兩隻小妖趕緊按住嘴巴。這棟宅院裡，有好幾個人有靈視能力。一般人聽不見它們的聲音，但有靈視能力的人就聽得到。

猿鬼和龍鬼都不想妨礙他人睡眠，所以壓低了嗓門。

「呃，請幫忙找我們的同伴。」

「圓滾滾、一隻角的……」

晴明點個頭說：

「哦，是那小子啊。」

「我們約好一起玩，可是它遲遲沒有出現。」

「晴明，你不是很擅長找東西嗎？所以，我們想拜託你的話，就可以馬上知道它在哪裡。」

晴明瞥神將們一眼。天一嘆著氣，在她旁邊的朱雀兩眼發直。

「不管怎麼樣，找人都是陰陽師的專業啊！」

「找人……？」

晴明不由得望向遠處，喃喃低吟。他知道這個說法有點問題，但也懶得去指正了。

「拜託昌浩吧？」

聽到晴明自言自語的低喃，猿鬼舉手說：

「昌浩不行，因為他正在做我們同伴拜託他的事。」

「昌浩每次、每次都會答應我們的拜託，真的是個大好人。」

如果昌浩在現場，一定會抗議說我答應你們並不是我自願的，只是因為這樣、那樣，最後被逼得不得不答應而已。

但是，看在小妖們眼裡，那就是昌浩毫不虛假的真心。晴明也知道這個狀況，所以只是苦笑，什麼也沒說。它們會在晴明面前叫昌浩的名字，在本人面前卻絕對不叫他的名字，這也是另一種親密的表現。

小妖們這種有點彆扭的可愛之處，一直以來都沒改變。

「既然昌浩在忙別的事，那就沒辦法了。」

看到晴明沉思的樣子，朱雀忍不住出聲了。

「晴明。」

旁邊的天一的臉色也不好看。

晴明輕輕揮著手說：

「我知道，我不會做會被你們罵的事。」

「那麼……」

晴明回看話說到一半的朱雀，站起身來，眼角餘光瞥到猿鬼和龍鬼不安的樣子。

他徐徐開口了。

「玄武、太陰。」

被點名的兩名神將，在老人背後悄然無聲地現身了。

外型是年幼孩子模樣的玄武，和看起來比他更小的太陰，仰頭看著叫喚自己的主人的背部。

「什麼事？晴明。」

「怎麼會在這個時間找我們？」

老人回過頭看著他們兩人。

「它們有事拜託我，我想請你們幫忙。」

玄武和太陰，以及聽到晴明這麼說的朱雀和天一，都瞪大了眼睛。

◇　◇　◇

付喪笙原本是以樂師為業的源家所使用的笙笛，現在變成了付喪神。

被職人做出來以後直到現在，笙度過了漫長的歲月，但時間還沒長到能變成付喪神。

「我現在就能變成付喪神，都要感謝源家的人那麼、那麼愛惜我。」

看到笙正襟危坐，昌浩也跟著正襟危坐。小怪坐在他旁邊。六合隱形了，可能是坐在車篷上。

他們現在都坐在妖車車之輔的牛車上。

車之輔是昌浩的式。小妖們與笙一起前往它住的源家時，正在進行例行散步的車之輔，從它們前面經過。

「啊，車大人。」

是蹦蹦跳著奔跑的笙最先發現，車之輔聽到它的聲音回過頭來。

『喲，這不是笙大人嗎？真是巧遇呢，今晚微風和煦，是絕佳散步日……』

車輪嘎啦嘎啦作響的車之輔，看到從笙後面跑過來的昌浩和小怪，張大了眼睛。

『主人和式神大人，你們怎麼會跟笙大人在一起呢？』

浮現在車輪中央的可怕鬼臉，好奇地歪向了一邊。

車之輔是個外表威武恐怖的鬼，性情卻非常溫和、體貼，而且膽小。

停下來的昌浩，雙手按著膝蓋，氣喘吁吁。

「車、車之、輔，你、你來得正好……」

在這樣的寒空下，昌浩的額頭卻冒著汗珠。他的臉一定也紅通通，只是在黑夜裡看不出來。

昌浩身旁的小怪，仰頭看著車之輔，搖了搖尾巴。

「車之輔，載我們一程吧，我們要去這小子家。」

抬起下巴的小怪，視線落在付喪笙的身上。

從微微飄蕩的神氣，可以知道十二神將六合也在，但車之輔看不見他。

『哦，好。只要在下幫得上忙，要在下做什麼都行。主人，請上車，式神大人和

笙大人也請上車。』

車之輔轉移車體方向，掀起了車帘。

「謝謝你，車之輔。」

邊擦拭額頭汗水邊道謝的昌浩，使勁地跳進了車子裡。小怪跟在他後面，輕輕鬆鬆地跳上去，笙一鼓作氣蹬地而起衝進車子裡面。

「好痛！」

衝過頭的笙狠狠撞上了昌浩的背部，差點因為反作用力掉出車外，幸虧六合及時現身接住了它。

「啊，式神大人，感激不盡。」

「不客氣。」

簡短回應的六合，趕緊看背部被笙的身體擊中而啪答倒地的昌浩怎麼樣了。

正好目擊現場的小怪啞然失言，瞪大了眼睛。

它雖然沒說話，但夕陽色的眼睛有聲勝無聲。交互看著昌浩與笙的它，與沉默的六合交換視線，眨了眨眼睛。

「……」

「……」

昌浩從動靜察覺他們這樣的交流，硬是把衝到喉頭的千言萬語理性地吞下去，回頭對六合手裡的笙說：

「總之，走吧。」

昌浩半瞇起眼睛看著精神奕奕的笙，在嘴裡念念有詞。

「好！」

「今天是我的災難日嗎……？」

出門前沒有先看日曆，所以沒有憑據，但怎麼想今天都不可能是自己的吉日。像這種凶日，必須待在家裡，自己卻往外跑，災難才會接二連三降臨，一定是這樣。

把昌浩心中這樣的想法看透透的小怪與六合，以非常同情的眼神看著他。神將們不知道今天是不是災難日，但有預感昌浩很難平安度過今天。

車之輔發出嘎啦嘎啦聲響奔馳。小怪打開它的車窗，仰頭望著星光閃爍的夜空，嘆了一口氣。

從星星的位置與月亮的傾斜度，可以推測現在的時刻。

「現在是寅時啊……越來越冷了。」

小怪回頭看著昌浩，舉起一隻前腳說：

「快要到最冷的時間了，你不冷嗎？冷了就向六合借靈布。」

昌浩眨眨眼睛，搓搓自己的手臂確認冷不冷。車之輔的車體裡暖得不可思議，所以沒有問題，但下車後一定很冷。

「嗯，等一下再向他借。」

「一定要借，不然感冒就不好了。」

「兩位，現在不是悠悠哉哉聊天的時候。」

笙跳起來。

昌浩和小怪發現笙在發抖，慌忙端正坐姿。萬一笙又哭起來，就問不出詳情了。

「你說的那位小少爺怎麼了？不對，請先告訴我們，你說的小少爺是哪裡的小少爺？」

是的，昌浩他們連這麼基本的事都不知道。因為沒頭沒腦就跟著笙趕來京城，所以還沒有時間聽它說明。

笙端端正正地跪坐，娓娓道來。

「小少爺是源大人的兒子。源大人是以樂師為業，在雅樂寮工作。」

「樂師源……？」

小怪歪著脖子，看得出來它正在記憶裡搜索這個名字。

皇宮裡有很多的「省」和「寮」，雅樂寮是其中之一。在陰陽寮工作的昌浩，與雅樂寮沒什麼接觸，所以說是那裡的樂師，他也不知道是誰。

比昌浩清楚的小怪，也不認識所有的官吏。果不其然，它似乎沒找到，蹙起了有花般圖騰的眉頭。

笙悲痛地往下說。

「小少爺是源大人的長子，才剛滿七歲，突然被神隱[2]不見了……」

昌浩發出「咦」的叫聲，與眨著眼睛的小怪相互對看。

「就在幾個時辰前，他還睡在房間的墊褥上。亥時，夫人去看他時，已經……」

笙哽咽說不出話來，身體嘎答嘎答顫抖。

消失不見的小少爺，跟擅長笙笛的父親一樣，在懵懵懂懂時就摸熟了樂器。

「小少爺很溫柔，非常愛惜我們。大人和府裡的所有人，也都很照顧我們。所以府裡的樂器，幾乎都變成付喪神了。」

「這樣啊……」

昌浩這句話是發自內心的感嘆。他從來不知道，原來這麼容易變成付喪神。

從他的表情看出他在想什麼的小怪，半瞇起了眼睛。

「昌浩，不是你想的那樣，是這小子的家比較奇怪。」

「奇怪是什麼意思?!源家人對我們的感情，就是這麼深、這麼強烈啊！請小心措詞，不要說那種會讓人誤解的話！」

「那也很難啊，除非是方位好、或是房子正好蓋在龍脈上受到影響、或是有地靈守護、或是有靈道通過，否則不可能。」

「不、不！已經變成付喪神的我都這麼說了，絕對沒錯！大人和小少爺的感情，給了我們生命和心臟。即使這個生命是虛假的、是短暫的，我現在正這樣跟你們說著話也是不爭的事實。所以，我、我……」

2.日本古代認為小孩子神秘失蹤，是被神明藏起來，所以稱為神隱。

「我知道了、我知道了。」

介入笙與小怪之間的昌浩，舉起手打圓場說：

「你們稍後再爭辯吧，請問小少爺真的被神隱了嗎？」

說不出話來的笙點點頭，長長的竹管撞到昌浩的膝蓋。

小怪拱起了肩膀。

昌浩邊用眼神制止小怪，邊砰地拍一下笙的竹管，說：

「總之，去源家看看吧。」

小怪甩甩長耳朵。這時候，妖車對它說：

『式神大人，快到源家宅院了……』

「是嗎？咦……喂，車之輔，你怎麼知道源家宅院？」

昌浩和小怪剛剛聽笙說完，才知道笙住在哪家宅院、宅院的主人姓什麼。

『啊，是這樣的，因為我跟小妖們是好朋友，在我散步途中，偶爾也會載它們一程。』

「哦，我還是第一次聽說呢。」

小怪瞪大了眼睛，昌浩疑惑地看著它。很遺憾，昌浩聽不見車之輔的聲音。

「小怪，車之輔說什麼？」

「車之輔說它跟小妖之間有溫馨的友誼。」

「啊？」

聽到眼神充滿疑惑的昌浩的問號，車之輔提出了異議。

『式神大人，您那麼說，解釋得不夠清楚吧？主人很難理解吧？』

小怪眨個眼睛，用只有車之輔聽得見的「聲音」回應。

『我沒說錯吧？』

只有車之輔聽得見的聲音，不是小孩子那種高八度的異形的聲音，而是原貌的低沉嗓音。

『是沒有錯……啊，在下非常明白，反駁式神大人是大不敬的事，可是……』

車之輔說到一半，就被帶點嚴厲的「聲音」打斷了。

『你給我聽好，車之輔，我不是你的口譯。再說，聽不到你說的話，證明昌浩還不夠成熟。再這樣繼續依靠我，你永遠也不能跟昌浩直接交談哦，你不在乎嗎？』

車之輔的車體劇烈搖晃。

『這、這……嗚……可能的話，在下當然希望哪天可以直接跟主人交談……可是，主人現在還在成長中，所以目前還是要麻煩式神大人……』

『真是的……』

『嗚……對不起，式神大人。』

小怪嘆了一口氣。

『有時我真的很不想這麼縱容他。』

若是回到原貌，這個聲音應該是搭配眉頭深鎖加嘆息。

車之輔戰戰兢兢地接著說：

『呃，請恕我僭越……』

『什麼事？』

『依在下平時的感覺，式神大人對主人並不是縱容，而是溫柔。』

小怪使勁地甩了一下尾巴。

『說得好像你什麼都知道。』

『啊啊啊啊啊啊啊、呃、對、對不起……！』

白色異形的原貌是十二神將騰蛇，光這樣對談，它的神氣都會讓車之輔緊張到全身僵硬。但是，說式神溫柔也是車之輔的真心話。

嘎噹一聲，車之輔停下來了。

「咦？」

昌浩眨了眨眼睛，小怪跳起來，抬起下巴指給他看。

「到啦。」

這時候，車之輔掀起了前車簾。

付喪笙簡直是迫不及待地衝出了車外，又蹦又跳地往前跑。

「孫子，快點！」

滿臉不悅的昌浩，對回頭催促自己的笙低嚷：

「不要叫我孫子……」

嚷歸嚷，昌浩還是跳下車鑽過了車轅。小怪看著這樣的昌浩，苦笑起來。

『式神大人，在下在這裡待命。』

『好。』

『還有，呃，請轉告主人要小心……』

下車鑽過車轅的小怪，頭也不回地甩了甩耳朵。

「昌浩。」

「嗯？」

昌浩回過頭，小怪漫不經心地轉告他：

「車之輔說會在這裡待命，叫你要小心。」

昌浩眨眨眼，微微一笑，砰地拍拍車之輔的車軛。

「嗯，放心吧，謝謝。」

「孫子！」

「……唔……」

聽到笙的叫喚，昌浩氣得嘴角抽筋。

為了小心起見，昌浩向剎那間現身的六合借了靈布，把臉遮住。幸好這個季節的夜晚還很長，所以即使寅時過了一半，依然是一片漆黑。

源家宅院非常不平靜。不是有鬧哄哄的聲響，而是彌漫著動盪不安的氛圍。

感覺得到宅院裡的人都沒入睡。藏身在黑暗裡的昌浩，悄悄靠近聽說是小少爺房間的對屋。

「這是什麼氣息呢……」

有些微的妖氣殘渣，還有這之外的好幾道氣息。

帶路的笙跳到了渡殿上。

「就是這裡。啊，請等一下，我先去勘查裡面的情況。」

沒有點燈也沒有其他光線的對屋，籠罩著紛擾不安的氛圍。屋內有什麼東西。不是人類。所有人類的氣息都集中在主屋。

躲在木門外觀看的笙，蹦蹦跳了回來。

「沒問題。」

昌浩點點頭，轉身對應該是隱形在那裡的六合說：

「六合，有人來就通知我。」

『知道了。』

跟著笙進入對屋的昌浩和小怪，看到聚集在墊褥旁的小小身影，都目瞪口呆。

其中一個身影動了起來。

「笙，你到底帶了什麼人來？」

嚴肅低嚷的是有細細四肢的老舊琵琶。

「這麼危急的時候你跑哪去了？」

坐在琵琶旁邊的，是頭髮剪到肩膀左右的女尼娃娃，大約有一尺高。以熟絹做成的臉上，用黑線描繪出秀麗的耳朵、鼻子。

不該有變化的表情浮現慍色，雙眼直直盯著深深一鞠躬的笙。付喪笙毫不畏懼地說：

「琵琶大人、天兒大人[3]，以及其他各位，我帶陰陽師來了。」

陰陽師。

圍繞著墊褥的付喪神們一陣譁然。

「你說陰陽師？笙啊，真的嗎？總不會那個小孩就是陰陽師吧？」

瞪著昌浩的天兒，嗓音變得低沉。

「那個大壞蛋躲過排除代代災難的我的視線，帶走了我心愛的小少爺，這個小孩可以抓到那樣的大壞蛋嗎？」

「可以，天兒大人，絕對可以。」

笙說得斬釘截鐵，琵琶逼近它說：

「證據呢？笙，那個小孩可以找到小少爺的證據是什麼？」

「琵琶大人，您從來沒離開過這座宅院，但也聽過安倍晴明的名字吧？」

「安倍晴明！」

3.天兒是放在幼兒身旁的女尼娃娃，用來守護幼兒，把不好的事都轉移到娃娃身上。

長出手腳的笛子、篳篥、硯盒，齊聲重複這個名字。

「晴明是那個晴明嗎？」

「被歸類為異形那個嗎？」

「喔，那麼一定救得了我們小少爺。」天兒倏地站起來，用充滿威嚴的嗓音說：「做得好，笙。那麼，安倍晴明在哪？」

從來沒離開過宅院的天兒、琵琶們，也聽說過晴明是年過八十的老人。

笙轉頭看著昌浩說：

「各位，今天來的是晴明的孫子。」

「孫子！」

「是孫子！」

「那個聲名遠播的安倍晴明的孫子！」

「那麼，這孩子就是孫子嗎？」

「正是。」

在用力點著頭的笙後面的小怪，半眯起了眼睛。

它瞥了一眼身旁的昌浩。

每次付喪神們說到禁忌的字眼，昌浩的太陽穴就會篤簌簌地跳動，眼睛逐漸泛起厲色，嘴唇撇成ㄟ字形。但他似乎動員了所有的忍耐力，從頭到尾都保持沉默。

我要忍耐。我要挺住。這時候大吼大叫，會被宅院裡的人發現，引發騷動，搞不好還會被當成擄走小少爺的犯人。哼，可惡，你們不要全指著我，一個接一個叫我孫子嘛！

這些想法全寫在昌浩臉上了。小怪別開視線，悄悄用前腳擦拭眼睛。

「好可憐……」

焦躁不已的昌浩，往低聲嘟囔的小怪的後腦勺啪唏巴了下去。夕陽色的眼睛狠狠瞪過來，他也不理會。

「喔，你就是那個晴明的孫子啊，那麼，孩子，」優雅地掀起下襬往昌浩前進的天兒，跪坐下來，霍地抬起頭說：「請答應我們懇切的請求，妾身再也不忍心看形容枯槁的繁大人那麼悲痛了。」

笙悄悄向昌浩解釋，天兒說的是源大人。

原來這座宅院的主人名叫源繁，是被神隱的小少爺的父親。

「是的，我們不想看到那樣的繁大人，求求你了。」

琵琶哀嘆地說完後，換笛和篳篥、硯盒重複同樣的話。

「孫子啊，請救救小少爺。」

「……唔……唔……總之，請輪流把你們知道的事告訴我。」

靠深呼吸壓抑種種情緒的昌浩催促付喪神們。他一直在心底深處，像念咒文般念著「平常心、平常心」。

天兒無力地搖著頭。

「對不起……那時候我們都在書庫裡，沒看到真純大人是怎麼不見的……」

擺在膝上的雙手在顫抖的天兒，悲嘆不已。

「如果妾身、妾身在旁邊的話，就可以成為他的替身……妾身的使命就是排除災難、把災難轉移到妾身。保護源家的孩子，是妾身的……」

昌浩不知道該對哽咽到說不出話來的天兒說些什麼，只能猛眨眼睛。

天兒是小孩三歲前，放在枕邊的娃娃。如她所說，人們對她充滿期待，希望她能保護孩子，排除種種災難。

得到人類關愛的器物，會變成付喪神。身為天兒的她，可以得到靈魂、擁有自己的意志，的確合乎情理。

沉默許久的小怪，甩甩耳朵，開口說話了。

「沒有人知道可以成為線索的事嗎？什麼事都行。」

付喪神們彼此對看。最後由筆簾做代表，向前跨出一步。

「剛才繁大人還待在這裡……」

擔心兒子而掩面哭泣的樂師，悲痛地叫喊著。

——竟然做出這樣的事……他就這麼、這麼……！

昌浩疑惑地偏起了頭。

「做出這樣的事……？」

站起來的小怪，轉過身看著主屋。

「繁應該知道什麼。」

「可是……」

弓起一邊膝蓋的昌浩，露出深思的眼神，抓住小怪的尾巴。

繁殘留在這個房間裡的思緒，充滿悲嘆，十分傷痛。

「現在去問他恐怕也問不出什麼來，看來是無法可想了……」

忽然，付喪笙逼近了昌浩。

「孫子、孫子，我相信你一定可以找到小少爺，所以請你務必救救小少爺啊，孫子……！」

「不要再叫我孫子啦。」

已經忍到極限的昌浩低聲吼叫，但笙沒理他，又繼續說：

「我、我發過誓啊！」

快哭出來的顫抖聲音，就像是硬擠出來的。

「發過誓？」

笙斜斜站著，細細的雙手緊緊握起拳頭。

「雖然小少爺不知道，但我已經下定了決心。做不到的話，我就是粉身碎骨也不能瞑目。」

安靜地睡著覺的小孩，突然消失不見了。對屋只留下可怕的妖氣，沒有任何線索。一般人和付喪神都無計可施。

但是，這裡、這個京城裡，有人可以打開這個走投無路的僵局。

所以，笙去找了昌浩。

「我聽同伴們說，陰、陰陽師、陰陽師會幫助有困難的人。孫、孫子，你是陰陽師吧？」

剛成為付喪神的笙，經常聽小妖們提起這件事。

真正擁有力量的陰陽師，不但會幫助人類，也會幫助妖怪或神明。

「我、我沒有人可以找了。我只是個付喪神，沒有任何力量，可是我知道小少爺現在有生命危險……！」

笙拚命說完後，其他付喪神爭相接著說。

「孫子啊，後輩啊！」

「請救救我們的小少爺。」

「如果你是晴明的孫子……」

「可以答應我們的請求嗎？」

「請答應我們的請求吧……！」

昌浩用發直的眼神看著拚命求他的付喪神們，在嘴巴裡低聲叫嚷。

「你們這些……付喪神……不要太過分了……！」

最不想聽到的字眼不絕於耳，昌浩眉間的皺紋從剛才就沒有消失過。

但是……

小怪悄聲嘆息。

不管對方是誰、不管把他惹得多生氣。

只要對方誠心懇求，這孩子絕對不會見死不救。

卯之刻

在眾付喪神的注視下，昌浩以右手沉著地結印，閉上眼睛集中精神。左手拿著小少爺睡前穿的衣服。

「南無馬庫索洛巴亞塔、嗒呀塔亞塔臬塔……」

被神隱的源真純在哪裡？是不是還活著？

為了搜尋答案，他小心翼翼地捕捉房間裡殘留的氣息。

究竟發生了什麼事？為了找到蛛絲馬跡，他把心靈深深地、深深地調整到與現場殘留的氣息同頻率。

強烈的悲哀與嘆息，如狂風暴雨般席捲房間。這是繁的感情。因為太過強烈，模糊了其他東西。

昌浩好不容易才找到被那份情感遮蔽而看不見的時間殘渣。

沒多久，一個在黑暗中睡得香甜的小孩，出現在什麼也聽不見的昌浩眼前。

那是房間記得的光景。

有個黑影摸黑從屏氣凝神的昌浩旁邊溜進來。

黑影連同外褂把小孩子擄走，轉眼就離開了房間。那是妖氣的殘渣。時間過太久了，追不上了。

焦躁讓他心煩意亂。

孩子在哪裡？找不到孩子的身影。不是找不到，是看不到。

聽得到怦怦心跳聲。是自己的心跳。不只一個。又響起另一個心跳聲。

在黑暗裡，那個心跳聲很微弱但規律。

漆黑的黑暗。微弱的呼吸。

有個手腳彎曲、把身體蜷縮起來的身影。

那個身影逐漸遠去。四肢的感覺逐漸浮現，拉回了昌浩的意識。

「呼……」

昌浩吐口氣，幾乎把肺裡的空氣全吐光了。

小怪問他：「成功了嗎？」

昌浩鬆口氣，露出笑容。剛才他還在想，不成功該怎麼辦？

「嗯，看見了。」

緊張地盯著昌浩的付喪神們，發出了歡呼聲。

昌浩站起來，重新披上六合借給他的靈布。

「不過，只是看到而已，沒查到他的下落。」

真誠的聲音一響起，付喪神就安靜下來了。昌浩的視線一一掃過每個憂慮不安的付喪神，開口說：

「不過，唯一可以確定的是，小少爺平安無事，還活著。」

付喪笙逼近昌浩說：

「真的、真的嗎？孫子，小少爺真的……」

「是的，相信我。」

瞇起一隻眼睛的小怪，得意地笑著說：

「這可是陰陽師的直覺呢。」

付喪笙啞然無言，稍微傾斜身體，像是在默默地道謝。

◇ ◇ ◇

冰涼的空氣動了起來。

躲在被隨手扔出去的外褂的袖子裡的獨角鬼，小心翼翼地觀察狀況。

被不知道從哪冒出來的妖怪帶來的地方，是某棟建築物裡面。

它太害怕，一直閉著眼睛，所以完全搞不清楚被帶到哪裡、經過了哪裡。

那個妖怪的氣息，剛才還在附近，所以它憋著氣，動也不敢動一下。

「是不是走了呢……？」

會發出對人類來說很刺耳的吱吱叫聲的妖怪，好像不在了。但是，為了小心起見，它還是數了十下呼吸，才慢慢探出頭來。

它東張西望地環視周遭。

看到很多各式各樣的東西排在一起。看起來雜七雜八，給人只是隨意擺設的感覺。

在物品縫隙間滾動前進的獨角鬼推測，這些老舊的物品說不定只是被隨手扔在這裡而已。

「所以可能是倉庫。」

有錢人家的宅院，有好幾個倉庫。不算很有錢的安倍家也有，但那棟宅院是祖先留下來的，所以獨角鬼也知道，有倉庫的宅院也未必是有錢人。

因為小妖很長壽，所以活過的歲月其實都比晴明長。

在黑暗中走來走去的獨角鬼，發現有個窗戶被家具遮住了。

「啊，太好了。」

說不定可以從那裡出去。

從家具往上爬，手搆到窗櫺的獨角鬼，失望地蹙起了眉頭。

「啊，格子太小了。」

沒有獨角鬼鑽得出去的空間。好不容易找到出口，卻出不去，這樣找到也沒有用。

「先搞清楚這是哪裡吧。」

它從縫隙往外看。

看來離天亮還有一段時間。這個季節，卯時過半，東方天際就會逐漸翻白，但目前還沒有任何徵兆。

「呃，月亮在哪裡呢？」

它使勁地把身體的三分之一塞進縫隙裡，尋找辨別方位的線索。

這裡的風似乎特別清澄，與京城吹的風不太一樣。

「那邊……是西方吧，好。」

勉強可以看見接近滿月的傾斜月亮。月亮是往西方落下，所以左邊看得到月亮的這扇窗，可以判斷是朝北。

知道方位也不能成為找到目前所在地的線索。

「嗯……該怎麼辦呢？我跟阿猿、阿龍約好了呢……」

沮喪地垂下肩膀，把頭偏向一邊的獨角鬼，聽到不知道從哪傳來的叫喚聲。

『小不點，你怎麼了？』

整個身體都往下垂的獨角鬼，抬起頭，往窗外看了一圈。

夜深人靜。風吹過時會響起微弱的窸窣聲，可能是因為葉子飄落的光禿禿的樹枝迎風搖曳彼此摩擦。

「有誰在嗎？」

獨角鬼把角伸出縫隙外，出聲詢問。

『在這裡、在這裡。』

豎起耳朵仔細聽的獨角鬼，發現矗立在窗戶斜前方的大樹，打著與風不同的節拍，吵嘩吵嘩地搖響著樹枝。

『這裡啊，小不點，我在這裡啊。』

獨角鬼張大了眼睛。

「啊，難道是木魂神？」

仔細看，這棵樹似乎有相當的樹齡了。獨角鬼不知道樹名，但博學多聞的付喪老爺爺一定知道。

『是的，從很久以前就在這裡落地生根了。』

樹齡久遠的樹，都有神靈棲宿。有時候，這樣的樹會被當成神木，棲宿在裡面的神就稱為木魂神。

獨角鬼鬆口氣問：

「木魂爺爺，請問這是哪裡？」

『——』

樹木默不作聲。獨角鬼疑惑地歪著頭說：

「爺爺，怎麼了？」

隔了一會，木魂神不太高興地說：

『我是女性。』

「喔，對不起……木魂婆婆，請問這是哪裡？」

獨角鬼稍微更客氣地重問了一次，帶著嘆息的聲音回它說：

『這裡是宇治深山。不過，小不點，你在這種地方做什麼啊？』

獨角鬼雙手抓住窗櫺，激動地說：

「我是被妖怪帶來了這裡。」

『妖……』

忽然，木魂神的樹枝吵嘩吵嘩搖晃起來。

『小不點，快躲起來。』
「咦？」
『它們來了，被發現就慘了。』
獨角鬼急忙從家具爬下來，躲到陰暗處。
響起嘎答嘎答聲，關著的木門打開了，背對著月光的人影站在門口。
「是不是有什麼東西……」
是低沉的男人聲音。獨角鬼倒抽一口氣，慌忙按住了嘴巴。
男人走進屋內，後面有三個黑影跟著溜進來。
觀察屋內好一會後，男人轉頭說：
「你們去看看外面。」
兩個黑影衝出去了。留下來的黑影，邊在男人腳下繞來繞去，邊把臉塞進家具的縫隙裡，從鼻子發出哼哼撒嬌聲。
看起來像野獸，其實是妖怪之輩。獨角鬼也是妖怪，所以就廣義來說是同類。但是，男人帶在身邊的似乎是猙獰的怪物，與獨角鬼它們那種小妖不一樣。
模樣像狗，但看得出來有淡淡的黑影重疊，那才是藏在假外形下的真面目。
被發現就慘了。
獨角鬼拚命憋著氣。這是它第一次這麼努力遮掩氣息。它心想：「啊，早知道就跟同伴多多練習。」但後悔也來不及了。

「是我多心了嗎？」
男人撿起掉在地上的外褂，走到擺在牆邊的唐櫃前停下來。響起嘎吱嘎吱聲，是男人打開了唐櫃的蓋子。
把外褂扔進唐櫃裡，蓋上蓋子後，男人又環視了倉庫一圈。
風吵嘩吵嘩吹著。男人似乎想起家具後面有扇格子窗，聳聳肩說：
「可能是黃鼠狼或老鼠跑進來了。」
男人又轉頭看一眼唐櫃，就跟野獸一起出去了。響起嘎答嘎答聲，木門又緊緊關上了。
從格子窗可以聽到刺耳的吱吱叫聲。可能是三隻各自亂叫，所以三個聲音重疊在一起了。
確定氣息遠離後，獨角鬼才悄悄從陰暗處爬出來。
「剛才……」
男人扔進外褂的唐櫃裡，好像有呼吸聲。
獨角鬼輕輕敲擊唐櫃。
等了好一會，都沒有反應。它又敲了一次，環視周遭。
附近有個破舊的憑几，還有個塗漆剝落的老笏。
它把憑几拖到唐櫃旁邊，爬到上面，再用雙手握著笏，把蓋子頂起來。
「好、好重……嘿咻……！」

它使盡全力把蓋子頂起來，再稍微往旁邊挪移，以免蓋子又蓋上了。

「唔……唔……」

忽然，它覺得單獨做著這種毫無意義的事的自己，實在太悲哀了，不禁很想哭。

猿鬼和龍鬼在的話，就會幫它了。

「我在做什麼啊……哇！」

腳一滑，就從憑几摔下來，響起了嘎噠嘎噠的巨大聲音。

獨角鬼跳起來，躲進陰暗處，屏住了氣息，但沒有人趕過來的動靜。

它呼地鬆口氣，跳到唐櫃上，把身體塞進只有一點點的縫隙裡，把寬度撐大，再往下跳到外褂上。

腳下有軟軟的感覺。獨角鬼掀起外褂一角，驚訝地瞪大了小眼睛。

「……」

抓起外褂一看，是個手腳彎曲、把身體蜷縮起來的小孩子。

緊緊閉著眼睛動也不動的小孩，看起來還活著。

「怎麼會在這裡……」

木魂神對驚訝到再也發不出聲音的獨角鬼說：

『小不點，那個唐櫃是半夜運過來的，好像是剛才那個男人下的指示。』

獨角鬼對小孩子說聲對不起，就把小孩子的腳當成踏板，攀住唐櫃邊緣，使勁地跳出了唐櫃。但用力過度，骨碌骨碌轉了好幾圈，撞到牆壁才停下來。

「痛、好痛……」

按著撞到的地方站起來的獨角鬼，東看看西瞧瞧，露出煩惱的神色。

「丟下他不管，一定會出事……對了，去告訴孫子。」

靈光一閃的獨角鬼，整張臉都亮了起來，跑到門口。他使盡全力想打開門，但門外可能有棒子頂住，所以門文風不動。

獨角鬼努力了好一陣子，就是打不開。

「可惡……這樣有損小妖名譽。」

要是被昌浩聽到，一定會默默擺出頗有意見的表情，心想小妖哪有什麼名譽。可是，獨角鬼是認真的。小妖也有小妖的自尊心。看到有人需要幫忙，卻什麼都不做，會被同伴們指責。

必須劃清界線、堅守原則，才能開開心心地與人類往來。若是走偏了，被陰陽師們收服也無話可說。

「木魂婆婆，我想從這裡逃出去，有沒有辦法？」

想了一會的木魂神，不太建議地說：

『這個方法很粗暴……你不在乎嗎？』

「嗯，沒關係，我要趕快逃離這裡去找孫子。」

『我知道了，事後不要怪我哦。』

木魂神的樹枝發出窸窸窣窣聲響。不知從哪傳來了野獸的嗥叫聲，像是在呼應那

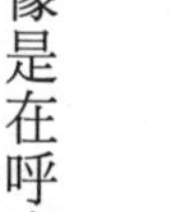

個聲響。

獨角鬼眨了眨眼睛。

「咦？」

宛如地鳴般的聲音逼近。嚇得雙腿發軟的獨角鬼，才剛往後退，就有個大塊頭的東西破門衝進來了。

發出轟隆巨響撞上家具的身影，慢慢地爬起來，轉身面向獨角鬼。個子嬌小的小妖張大了眼睛。

『辛苦你了，黑熊。』

黑熊成獸看到獨角鬼，舔了舔嘴唇。獨角鬼嚇得跳起來，衝出門口。

「哇哇哇哇哇！」

獨角鬼從斜坡連翻帶滾衝下去，黑熊在後面追著它跑。

聽到聲響的男人，驚慌失措地趕到時，被破壞的門口只留下熊毛。

◇　◇　◇

十二神將太陰和玄武，在接近黎明的天空飛翔。太陰的風太猛太快，玄武很不想搭乘。可是，朱雀當然是跟天一一起行動，所以他沒有其他選擇。

出發前，他特別提醒太陰不要太快，但現在他知道提醒也毫無意義。

「晴明啊，怎麼不找白虎跟我來呢……」

玄武滿臉苦澀地喃喃自語，但太陰根本不在意，眨眨眼指著前方說：

「昌浩在那裡。」

昌浩和小怪真的在太陰指的地方。

兩人滑過天空，降落在他們前面。

「玄武、太陰。」

「你們在這裡做什麼？」

太陰邊不露聲色地退到玄武後面，邊回答小怪的發問。

「晴明叫我們去找圓圓的小妖。」

「圓圓的？」

昌浩反問，玄武點點頭，雙手做出圓圓的形狀。

「那隻圓圓的、有一隻角的小妖，你記得吧？」

在記憶裡搜索的昌浩，臉瞬間沉下來。那是每次、每次都壓扁自己的三隻小妖之一。

但是，晴明為什麼會對神將下那種命令呢？

玄武也回答了他這個疑問。

「剛才小妖們來家裡，拜託了晴明。」

「什麼？」

小怪和昌浩異口同聲反問，目瞪口呆地盯著小孩子外貌的神將。太陰向這樣的兩人說明：

「它們說到處都找不到它，很擔心它。它們是希望晴明親自出動，但青龍不准。」

「所以就由我們出動了……老實說，我並不認為事情嚴重到該煩勞我們。」

這應該是玄武的真心話。再怎麼說也是居眾神之末的十二神將，居然四處奔走尋找一個小妖。

真正身分是他們同伴的小怪，露出難以形容的表情，搔著耳朵下方。

該怎麼說呢？身為晴明的手下，是該聽從晴明的命令，可是，它總覺得難以釋懷、難以理解、也難以苟同。

「有時我會對我們的存在意義產生疑問……」

小怪喃喃埋怨，玄武和太陰都用力點著頭，表示一點都沒錯。

昌浩感慨地聽著他們的對話，眼睛半呆滯地望向一条的方向。

「原來爺爺也跟我一樣。」

聽到這句話的太陰，悄悄繞到昌浩旁邊。小怪看到她與自己拉開了更大的距離，不禁嘆息著拱起肩膀。

太陰的心情，它也能理解，所以什麼也沒說。看著他們雙方舉動的玄武，下了一個結論，那就是沒有戰鬥時，小怪並不是很可怕。但是，只要稍微釋放出本性的酷烈神氣，玄武也不想靠得太近。那是本能反應，沒辦法靠意志控制。

騰蛇的神氣很可怕。

身為人類卻毫不害怕的昌浩和晴明，實在太不可思議了。

「昌浩，你在這裡做什麼？」

太陰歪著頭問，昌浩把事情經過做了簡單扼要的說明。太陰表情嚴肅地說：

「是神隱吧？」

「嗯，是啊，所以拜託我去找……」

可以答應它們嗎？小怪在心裡吐槽。儘管當時滿臉的不情願，但只要答應了，就會轉換思考，這是昌浩的優點。

看起來很煩惱的昌浩，摸著後腦勺說：

「怎麼樣都查不到下落。不過，可以慶幸的是，就我看到的畫面，目前沒有生命危險。」

這是陰陽師的直覺。昌浩相信這樣的直覺。

「可以占卜找啊，若是晴明就會這麼做。」

太陰沒多想就脫口而出，昌浩看著她的視線逐漸冰冷。

「這是在挑釁我嗎……」

太陰眨眨眼睛，轉頭看玄武。被看的玄武，轉頭看小怪。被看的小怪別過臉去，悄悄用前腳擦拭眼睛。

「嗚嗚，好可憐……」

昌浩一把抓住它的脖子，瞪著它看。

「對不起，我不擅長的東西太多了，可是我已經很努力啦。」

小怪骨碌轉動脖子，把前腳指向東方天際說：

「天快亮了，你要暫停搜尋小少爺，趕快回家，要不然去工作前就沒時間休息了。」

小怪說得沒錯，東方天際逐漸改變了顏色。現在回到家，恐怕也休息不到兩個時辰。

纏繞著風飄浮在半空中的太陰，岔開雙腿站立。

「晴明是人，你也是人，都要好好休息。長期睡眠不足，體力也會衰退，萬一感冒了怎麼辦？」

雖說是春天，天氣還是很冷。

「放心吧，我穿很多。其實，我本來是打算寅時回家睡覺，可是，意想不到的事就是會在意想不到的時候發生。」

默不作聲的玄武舉起一隻手說：

「昌浩，乾脆把今天當成凶日，不要去工作了吧？雖說對象是小妖，也要以答應的事為優先吧？」

「啊，這個主意不錯，就這麼做吧？昌浩。」

太陰閃爍著雙眼，拍拍昌浩的肩膀。玄武嚴肅地點著頭，站在他旁邊的小怪半瞇起眼睛，用後腳搔著脖子一帶。

如果昌浩有這樣的小聰明，事情就好辦啦。

果然不出它所料，昌浩搖著頭說：

「我不能做那種事。而且，今天有皇上主辦的賞月宴會，所以工作會比平時提早結束。撐到那時候，應該不會太累。」

小怪懷疑地皺起眉頭。

「話是沒錯，可是……」

「我會回去睡一下，放心吧。」

不只小怪，玄武和太陰也憂心忡忡。昌浩揮手表示沒事，擠出了笑容。

「你們真愛操心呢。」

說到這裡，昌浩忽然想起什麼，喃喃說道：

「源繁大人是樂師吧……」

被神隱的真純的父親繁，可以參加今晚的賞月宴會嗎？

太陰瞪著昌浩好一會後，死心地嘆了一口氣。

「一定要回去哦。」

「嗯，我知道。你們呢？太陰。」

回答的是玄武。

「我們會依照原先的計畫，繼續搜尋小妖，因為我們沒有時間上的限制。」

話是沒錯，可是花太多時間，就會被委託的小妖們埋怨，所以不能慢慢地搜尋也

是事實。

「小妖也就罷了，小少爺還真有點令人擔心呢。」

玄武露出擔憂的眼神，在他旁邊的太陰輕輕拍個手說：

「那麼，昌浩去工作的時候，我們就幫忙搜尋那個小少爺吧，反正是花同樣的時間，晴明應該也不會責怪我們。」

「真的嗎？太好了，謝謝。」

「有什麼線索就通知你。」

風纏繞著太陰和玄武，把兩人的身體送上了天空。

目送他們離去的昌浩，猛然抱起小怪，走向位於一条的安倍家宅院。

小怪默默看著似乎在思考什麼的昌浩。

「欸，小怪，我在想……」

小怪甩甩耳朵，蹬起散漫下垂的後腳，骨碌反轉，移到昌浩肩上。不過，小怪的體重有跟沒有一樣，所以不會造成太大的衝擊。

坐到昌浩肩上的小怪，抬起下巴催他往下說。

「有那麼多樂人，能參加宴會的人應該是從裡面篩選出來的吧？」

「應該是吧。」

「源繁大人的技術有多好呢？」

被問的小怪「嗯～」地沉吟，歪著頭思考。

「我對雅樂寮不太清楚呢……為什麼這麼問？」

「就是有點在意。」

在意的事還有另外一件。

——竟然做出這樣的事……他就這麼、這麼……！

為被神隱的真純擔憂煩心的繁所說的話，到底是針對誰呢？

辰之刻

陰陽師作的夢都有意義。

◇　◇　◇

傳來門開關的聲響。

坐在矮桌前練字的敏次，抬起頭，眨了眨眼睛。

「真難得呢……這麼早。」

放下筆，趴躂趴躂跑過走廊，就看到正在脫鞋子的背影，和彎腰看著那個背影的母親。

他在母親旁邊坐下來，挺直了背脊。

「哥哥，你回來了啊？今天很早呢。」

回過頭來的康史笑著說：

「是啊，我回來了，敏次。嗯，偶爾會這麼早。」

敏次注視著哥哥的臉，低頭行個禮後，馬上站起來，回自己房間了。

在矮桌前坐下來，又開始練字。

用來臨摹的範本，是親戚藤原行成寫給哥哥的文章。行成只跟哥哥差一歲，字卻寫得非常漂亮，所以敏次懇求哥哥把文章給他。

康史笑著說好啊，很乾脆地把文章給了他。從此以後，這篇文章就成了敏次最重要的東西。

敏次常常想，希望自己也能寫出這樣的字。

康史與敏次是相差十歲的兄弟。

四年前十四歲，行過元服之禮的康史，叫才剛懂事的敏次跪坐下來，用非常認真的表情對他說：

「聽著，敏次，我們家不是很富裕。」

「是。」

年幼的敏次聽不太懂他在說什麼，還是點了點頭。

「為了讓爸爸媽媽不要太辛苦，我一定要有成就。」

這次實在聽不懂，所以敏次把嘴巴撇成了ㄟ字形，注視著康史。康史發覺他那樣的視線，表情變得嚴肅。

「嗯，對你來說還有點困難。呃，我們都要成為偉大的官吏。變偉大了，俸祿就會增加，身分也會提升，這樣懂嗎？」

「懂。」

「要變偉大，就要先讓頭腦變好。還有，經過這幾天，我才清楚知道，字寫得漂亮也非常重要。」

康史是在內藏寮工作，那裡的所有典籍都是官吏一筆一筆寫下來的，寫得非常漂亮，很容易閱讀。

「所以，你一天要寫十張紙練字，每天都要練，一天也不能少。」

「是。」

從那天起，敏次都嚴守哥哥的囑咐。

敏次很喜歡康史，但也不時會想，很少有性格這麼兩極化的兄弟吧？

說起來，父親、母親的性格都比較接近敏次，唯獨哥哥不一樣。然而，這絕不是說他令人厭惡，而是對他的讚賞，因為他的存在會帶給敏次刺激。

然而，康史的說法是，敏次不過是個孩子，卻太過正經了。

實際上，連行成聽到這句話也苦笑起來，可見哥哥說的話或許是對的。

哥哥是個機靈的人，所以在內藏寮也頗得上司賞識。每天都工作到很晚，就是因為上司對他有很大的期待。

不久前的正月，去行成家拜年時，聽行成說內藏寮對康史的評價也是精明能幹。

敏次聽說後由衷表示讚嘆，康史本人卻笑著說自己只是學會了投機取巧。

從他的表情，會覺得可能真的是那樣。所以，總而言之，說得好聽一點，康史就是個很能掌握要訣的人。

「還剩兩張……」

當成下午日課的練字，從四歲維持到現在。一來是因為哥哥的囑咐，二來是因為敏次自己本來就喜歡寫字。而且，寫出接近範本的字就會很開心，越寫越進步也會成為鼓勵。

最近他也在想，要不要請行成用更難的字寫更長的文章，給他當範本。

握著筆的敏次，忽然露出擔憂的眼神，望向哥哥的房間。

最近，哥哥的臉色都不太好。今天是難得早回來，平常都在內藏寮被工作追著跑，很多時候都是敏次睡著後才回來。

早上也是匆匆忙忙趕去工作，所以最近幾乎沒有時間好好交談。

「有那麼忙嗎……可是，他是在工作，當然忙啦。」

自問自答的敏次皺起了眉頭。

才八歲的他，不太了解皇宮的工作。再過四、五年，行過元服之禮後，他就會去某個省廳工作，究竟會去哪裡呢？

他無法猜測，因為皇宮裡有很多職務。

敏次的姓氏是藤原，但身分並不高。父親是個耿直、溫和的人，但光是這樣沒辦法飛黃騰達，血脈也是很重要的因素。

「像大臣那樣的身分，是不是就輕鬆多了呢？」

「什麼輕鬆多了？」

康史探頭進來，問歪著脖子喃喃自語的敏次。

把直衣換成狩衣的康史，走進房間，在敏次旁邊坐下來。

「喲，你有照我的囑咐做呢，很乖、很乖。對了，敏次，改天去釣魚吧。」

「什麼？」

哥哥突然改變話題，所以敏次不由得反問。康史面向眼神充滿疑惑的弟弟，做出拿著釣竿的動作。

「釣魚啊，釣魚。」

康史毫不介意地做出「嗖嗖」拋魚線的樣子。

「為什麼這麼突然？」

搞不懂哥哥用意的敏次，露出防備的眼神。

以前也曾有過幾次同樣的事。說要去山上採野菜，結果在深山裡迷了路。說天氣熱要去水池游泳，結果差點淹死。每次康史像這樣突發奇想，敏次就會被拖著到處走。

康史有他脫離常軌的一面。認真為父母著想是真的，但會突發奇想，把敏次耍得團團轉也是真的。

敏次喜歡他認真的一面，但不太能接受他隨意耍弄身為弟弟的自己。

「呃，我只是想到很久沒和你出去玩了。」

在敏次旁邊盤腿而坐的康史，笑得跟太陽一樣燦爛。

「如果釣到香魚，母親會很開心，我也可以跟你一起玩，一石二鳥。」

敏次無言地瞥康史一眼，又嘆著氣把視線拉回到紙上。看到弟弟又拿起了筆，康史疑惑地問：

「怎麼了？敏次，你不開心嗎？」

「開心啊……可是，什麼時候去呢？」

「要工作的日子，無論如何都會搞到很晚……嗯，下次休假時去吧。」

敏次停下寫字的手，看著康史說：

「那麼，請問哥哥，你是不是說過，下次休假因為內藏寮有什麼工作，所以還是要去呢？」

康史被敏次問得啞口無言，邊低聲沉吟邊合抱雙臂，蹙起了眉頭。

看到哥哥這個樣子，敏次有點反省自己是不是說錯了話。

他喜歡哥哥，所以很高興可以跟哥哥外出。可是，內藏寮的工作真的很忙，寥寥可數的休假一直以來也都沒休成。

所以他覺得，哥哥與其跟自己外出，還不如待在家裡，消除平日的疲勞。要外出，隨時都可以。

沉吟了好一會的康史，卻搖著頭向他宣示：

「下次休假，一定要去釣魚！……我也想跟你玩啊。」

那個語氣簡直像個孩子，敏次的臉都有點呆住了。

「哥哥……你已經是大人啦……」

「我才要說你呢，敏次，你還是個孩子，說話可不可以不要這麼嚴肅？」

被康史這麼一說，敏次眨了眨眼睛。

「我說話有那麼嚴肅嗎？我對母親、父親說話的語氣，也都跟對哥哥說話的語氣差不多啊。」

「非常嚴肅，你的語氣怎麼會變成這樣呢？」

當然是為了將來進宮工作時，不會受到挫折啊。

「不從現在學會中規中矩的措詞，在緊要關頭會驚慌失措吧？哥哥，你沒有遇過這樣的情形嗎？」

合抱雙臂的康史，露出搜索記憶的表情。

「嗯……沒有吧。感覺是場合改變，就會無意識地切換措詞……啊，不過，」康史忽然破顏而笑，有點困擾似的搔著後腦勺說：「最近有個曆生跟我很好，每次跟他說話都會變得口無遮攔，被行成一說我才察覺。」

「哦……」

敏次第一次聽說這個職務，心想曆生是做什麼工作呢？

康史對還要很久才能行元服之禮的弟弟說：

「以後你進宮工作，說不定還要他多關照呢，因為他是安倍晴明的孫子。」

敏次張大了眼睛。還是孩子的他，也聽說過大陰陽師的名字。

「我們彼此都很忙，沒什麼時間，但是約好了改天找個時間喝酒。啊，等你行元服之禮後，就一起喝吧。」

「是、是。」
敏次半無奈地回應，就看到康史忽然垂下肩膀，浮現疲憊的笑容。
「這個男人心裡一有事，見到人就會說個不停，真受不了他……」
「哥哥……」
第一次看到哥哥這麼虛弱的表情，敏次好擔心。
康史察覺年幼的弟弟用擔心的表情看著自己，心頭一驚，趕緊挺直背脊，改變話題，表現出沒事的樣子。
「我只是太忙了，有點疲憊。」
「那麼，最好別去釣魚了……」
讓哥哥把珍貴的休假用在自己身上，敏次覺得過意不去。
但是，康史搖搖頭說：
「是我想去，因為很久沒跟你一起去玩了。」
就這樣，他們許下了約定。
許下了無法實現的約定。
在康史暌違許久的休假前一天，敏次跟母親打過招呼，就去了附近的神社。
最近，哥哥的臉色一天比一天差，而且從早到晚都待在內藏寮，回到家也倒頭就睡了。

「都沒說上幾句像樣的話。」
最近，除了「回來了啊？」、「小心走路哦」之外，跟哥哥說過其他的話嗎？敏次絞盡腦汁思索，想到那天說好去釣魚，應該是最後一次像樣的交談了。
神社裡有神符和袋子裡裝著護身符的「守袋」。敏次依照正規儀式向神祈禱完後，選擇了保佑身體健康的守袋，就匆匆趕回家了。
在回家途中，他忽然想到一件事。
如果是陰陽師，不必特地去神社，自己就可以製作這樣的守袋吧？
他也聽過關於大陰陽師安倍晴明的傳說，說他不但會治療傷勢、疾病，還有讓人起死回生的法術。
即使做不到那種程度，能為家人擁有那樣的特殊技能，或許也不錯。
沉且自己是次男，最後總是要離開這個家。
「或許擁有特殊技能會比較好。」
因為他們兄弟必須變得偉大才行。在內藏寮工作獲得賞識的康史，飛黃騰達之後，也可能招來政敵的忌恨而被詛咒。這種傳聞真的是不勝枚舉。
「要幫得上忙，學那種技能也比較好。」
總之，敏次就是想幫哥哥。他想自己太過認真、嚴肅、不懂得通融，有哥哥告訴他「不是那樣、是這樣」，一定可以減少人生的失敗。
不管要不要進陰陽寮，自己也該開始思考將來要走的路了。

「改天找行成大人商量吧。」

敏次想起父親、哥哥之外值得信賴的人，作了這樣的決定。

回到家，是康史出來迎接他。

「回來了啊？」

敏次驚訝地張大眼睛。

「哥哥！怎麼這麼早？」

「嗯……偶爾嘛。」

溫和地瞇起眼睛的康史，面如死灰，毫無血色。

「你看起來很疲憊呢，趕快去休息吧。」

「我沒事。」

「看起來不像沒事。」

說到這裡，敏次「啊」地叫了一聲，把手伸進懷裡。

「哥哥，給你。」

敏次遞出了從附近神社求來的白色守袋。

「這是做什麼？」

康史詫異地張大了眼睛，敏次微微挺起胸膛說：

「哥哥最近好像很忙，所以我求神保佑哥哥。」

祈禱哥哥不會搞壞身體、不會被病魔入侵。

康史從弟弟的小手接過守袋，強忍著淚水喃喃說道：

「原來……你為了我特地去……」

真的很開心的康史，細瞇起眼睛，撫摸敏次的頭。很久沒有被哥哥這樣摸頭的敏次，覺得好癢，縮起脖子躲開了哥哥的手。

「明天照約定去釣魚吧？」

敏次點點頭，抬頭望向夕陽。

「希望明天是好天氣。」

跟弟弟一樣抬頭望向天空的康史，對弟弟說：

「放心吧，陰陽寮的天文生告訴我，明天是萬里無雲的大晴天。」

明天請母親做糯米飯糰，早點出門吧。然後，在陽光普照下吃飯糰。

康史這麼提議，敏次的眼睛亮了起來。感覺會很好玩。

敏次早早就上床了，希望天趕快亮。早點睡，就能早點迎接早晨。早點起床，就會覺得一天變得比較長。

可是，興奮過了頭，上床後一直睡不著。

閉上眼睛也沒辦法入睡，一次又一次翻來覆去，好不容易入睡時，已經是平時上床的時間了。

但情緒還是很亢奮，所以天一亮就醒了。

他換上狩衣，要去汲水處洗臉時，覺得整座宅院飄散著奇妙的氛圍。
「怎麼會這樣……」
好安靜。這個時間，母親通常開始準備早餐了，他卻感覺不到那樣的動靜。
往廚房一看，一個人也沒有。敏次開始感到不安，走向父母的房間。
途中，經過了哥哥的房間。看到木門半開，他不經意地從縫隙往裡面看。
父親和母親都垂著頭，坐在哥哥的墊褥旁。仔細看，母親的肩膀還微微顫抖著。
敏次眨眨眼，把手伸向木門。面容憔悴的父親，回頭看發出微弱傾軋聲被推開的木門。
父親的嘴唇動起來，叫著敏次的名字。明明沒聲音，敏次卻彷彿聽見了。
突然，心臟狂跳起來。
康史躺在墊褥上。敏次覺得動也不動的哥哥不太對勁。
為什麼父母都在這裡呢？為什麼哥哥沒醒來呢？今天說好要早點起床，帶著糯米飯糰，兩人一起去釣魚啊。
在格外沉重的空氣中，敏次踏進了房間一步。
「哥哥……起床啊……」
聽到敏次的聲音，母親的肩膀大大顫抖起來。
「我們不是要去釣魚嗎……？哥哥……」
要叫得更大聲，哥哥才會醒來。可是，敏次卻覺得喉嚨緊縮，沒辦法順暢地叫出

聲來。

從垂著頭的母親的眼睛，撲簌簌地掉下大滴淚水。父親的手抓住敏次的胳臂，把他拉到旁邊坐下來。

被拉著坐下來的敏次注視著康史。

為什麼他的臉上沒有血色，胸口也沒有上下起伏呢？

「哥哥……？」

回答的是淚眼婆娑的母親的沙啞聲音。

「凌晨時……我來看他好不好，他就已經……」

因為他的臉色實在太差，所以母親很擔心，總覺得忐忑不安。

起初，以為他靜靜睡著。身體動也不動，可能是因為累過頭，睡得太沉了。

察覺寂靜的室內連鼾聲都聽不見時，母親愕然失色。

敏次茫然聽著母親說的話。

看著身體已經僵硬的哥哥的臉，他的心逐漸被無比乾澀的情感占據。

沉重、冰冷、卻出奇平靜的情感。

在心底深處慢慢地湧現堆積。

——明天照約定去釣魚吧。

這是昨天說的話。

很早以前就約好了。難得的假日，康史選擇不休息，要跟敏次去玩。

儘管哥哥是性格與自己迥然不同的人，但敏次很喜歡他，真的、真的很期待跟他一起去釣魚。

敏次徐徐環視周遭。

折得整整齊齊的狩衣，應該是昨晚先拿出來的。康史一定是跟敏次一樣，也非常期待。

敏次的視線停在角落的矮桌上。

昨天交給哥哥的守袋，靜靜地躺在那裡。

他看著守袋，茫然若失地想著：

——神沒有保佑哥哥。

◇　◇　◇

拿著書籍從陰陽寮的書庫走出來的敏次，被藤原行成叫住。

「早啊，敏次。」

「是行成大人啊，早安。」

敏次帶著笑容行禮，行成停在他前面，瞇起眼睛說：

「你很早呢，是值夜班嗎？」

「不是……不知道為什麼特別早醒來，就提早來了，想先來預習今天的功課。」

「這樣啊。」
行成點點頭，換敏次問他：
「行成大人為什麼這麼早呢？」
行成望著寢宮回答：
「今晚要舉行由皇上主辦的賞月宴會，所以我在做準備。」
「啊，對哦。由皇上主辦，想必是大陣仗吧？」
「是啊，我值夜班四處奔波忙著作準備，現在才要回家休息一下。」
「您辛苦了，行成大人。」
敏次回應的語調，跟剛才的感覺不太一樣。
行成疑惑地問：
「你怎麼了？敏次。」
敏次倚著高欄，欲言又止。
「呃……」
行成淡淡笑著等他往下說。敏次扭頭看著他，眼皮忽然顫動起來。
「今天早上，我作了好懷念的夢。」
已經很久沒作過的夢。
「什麼夢……？」
「哥哥去世那天早上的夢。」

聽到出乎意料的話，行成張大眼睛啞然失言。

敏次把視線轉向庭院，露出遙望遠方的表情。

「說起來很過分，我哥哥死了，我卻一滴眼淚都沒掉……我母親哭得很傷心，我父親也很沮喪，所以我一股憤怒油然而生，氣他為什麼沒先說一聲就死了……」

屍首埋葬後，母親好一段時間都像失了魂，每天以淚洗面，責怪自己沒有察覺康史已經那麼疲憊了。

父親也是。突發的不幸，讓他的心靈變得脆弱，有一陣子就像個病人。

敏次知道自己要堅強起來。現在哥哥不在了，自己必須照顧父母。

「我一直忘了這件事……可能是哥哥恨我太無情，所以讓我夢見他。」

聽到敏次自嘲似的說法，行成搖搖頭說：

「康史不是那樣的人吧？敏次，不要說那種話。」

被告誡的敏次垂下頭說：

「對不起，我只是一時……」

行成把手搭在他肩上，鼓勵他說：

「陰陽師作的夢都有意義，說不定是什麼徵兆呢。」

敏次面有難色地皺起眉頭。他沒有靈視能力。身為陰陽生的他，每天努力精益求精，但是，要作有意義的夢，還是要靠與生俱來的才能吧？

行成俯視若有所思的敏次，自言自語地喃喃說道：

「對了……已經九年了呢……」

到達陰陽寮的昌浩，看到站著說話的行成與敏次，便停下了腳步。

「哼，敏次那小子，這麼早來幹什麼。」

全身白毛倒豎的小怪齜牙咧嘴。昌浩踩住他的尾巴，嘆著氣說：

「你為什麼這麼討厭敏次大人呢？」

「那小子的存在就是讓人不爽。」

太不講道理了。

昌浩有種對不起敏次的感覺。

本來是因為敏次對昌浩太嚴苛，把小怪惹火了，但昌浩感覺現在已經超越了那種層次。

「好了，小怪，走吧。」

昌浩抓住小怪的脖子，懸空拎著它，轉身走開。

忽然，他停下了腳步。

懸空搖晃的小怪，靠搖晃的力道跳到昌浩肩上。

「怎麼了？覺得我說對了嗎？」

不知道是不是自己多心，昌浩覺得小怪看起來很高興，於是瞥它一眼，搖搖頭，環視周遭。

「才不是呢，只是有種感覺。」
昌浩說完，注視著行成和敏次，喃喃低語。
「敏次大人好像出現了某種面相。」

巳之刻

小怪甩甩耳朵。

「什麼面相？」

「不知道……」

昌浩尷尬地把嘴巴撇成ㄟ字形。

既然出現了面相，就該把那個面相代表什麼也解讀出來，這樣才算是個陰陽師，偏偏昌浩就是不擅長這種事。

「什麼都不擅長，不太好吧？」

昌浩不悅地皺起眉頭低嚷：

「對不起啦。」

他自己也不想這樣，一直很努力學習，無奈就是進步得很慢。

小怪咳聲嘆氣地拱起肩膀。它知道昌浩比較適合實戰，但觀星、占卜、面相與實戰是全然不同的領域，不可或缺，所以昌浩自己也很煩惱，那些領域還是非學習不可。

「好好跟晴明學吧？」

昌浩對甩著尾巴的小怪拉下了臉。

「他已經教過我一次了，我不要對他說請再教我一次。」

「現在是逞強的時候嗎？」

被小怪狠狠回嗆，昌浩沉吟了好一會。

小怪心想有這麼抗拒嗎？

難以相信的小怪，聽到熟悉的腳步聲，骨碌轉過身去。

察覺腳步聲的昌浩也往後看。

「我一靠近你就發現了，感覺很敏銳呢。」

昌浩對笑容開朗的年輕人說：

「哥哥，早安。」

是曆博士安倍成親。他的年紀與昌浩相差很多，是最上面的哥哥。

昌浩有兩個哥哥。一個是這個成親，另一個是天文生昌親。兩人的年紀都比昌浩大一輪以上，已經結婚搬出去了。

成親直盯著昌浩的臉。

「嗯？你看起來睡眠不足哦，有沒有好好休息？」

昌浩笑著矇混過去。

「有啦……」

成親懷疑地瞇起一隻眼睛，甩著耳朵的小怪對他說：

「他現在有點事要忙，等事情解決了，我會叫他好好休息。」

「嗯，既然騰蛇這麼說，就這樣吧。」

昌浩眨個眼對點著頭的成親說：

「對了，哥哥，你是不是有個朋友在雅樂寮？」

「嗯？芳彬嗎？」

成親的朋友紀芳彬，是雅樂寮的笛師，與成親同年，兩人關係密切。因為異形的事，昌浩也見過他。

「除了芳彬大人，哥哥認不認識笙笛師源繁大人？」

成親把手指抵在下巴上，沉思起來。

這時，昌浩扭頭看敏次他們所在的地方。行成還在跟敏次說著什麼。

敏次會進入陰陽寮，是聽行成的建議。因為他是次男，所以行成建議他選擇靠努力就可以不斷往上爬的陰陽之道。

進入陰陽寮的敏次，沒有靈視能力，但靠著嘔心瀝血的不斷努力，得到了首席陰陽生的地位。

即使沒有靈視能力，他還是擁有成為陰陽師的才能。在觀星和製作曆法方面，他都得到了相當的評價。

昌浩有段時間常挨他罵，但是，一碼歸一碼，昌浩還是很尊敬他這個前輩，因為他絕對不會只說不做。

他努力不懈的姿態，是昌浩學習的對象。

「源……源……啊，」成親似乎想起來了，砰地拍一下手說：「那位仁兄啊，他幾乎所有樂器都會，其中笙的技術是雅樂寮第一名。」

成親的岳父參議為則請他參加過一次宴會，所以成親聽過他絕妙的音色。

「在今晚的宴會上，雅樂寮的音樂應該會為宴會錦上添花吧？會不會由源繁大人吹奏笙呢？」
「應該會吧。我對音樂不太了解，但源大人的笙實在太好聽了。而且，印象中他也很愛惜他的樂器。」
昌浩眨眨眼睛，眼前閃過付喪笙的身影。
——源家人對我們的感情，就是這麼深、這麼強烈。
器物會變成付喪神，就是因為有人對它們付出那麼強烈的感情。
成親看到昌浩按著嘴巴思索的模樣，疑惑地問：
「源大人怎麼了？」
「呃——有點麻煩……」
成親察覺昌浩含糊其詞，面有難色，就揮揮手說：
「啊，不想說也沒關係。」
從弟弟的神情，成親推測應該是發生了什麼大事。
昌浩慌忙回說：
「不、不，不是什麼大不了的事。我不是不想說，只是在想該從哪說起。」
在昌浩肩上的小怪甩著耳朵說：
「成親，你認為源繁是個怎麼樣的人？」
夕陽色的眼眸閃過厲光。
挖出記憶的成親，視線在半空中飄移。

「怎樣的人啊……聽說他個性溫和、沉靜，很有才華。不過，在音樂方面有他的堅持，所以也會說很嚴厲的話。」

「很嚴厲的話？」

昌浩眨眨眼睛，成親瞇起眼睛笑著說：

「他會對沒才華的人直話直說，譬如說技術那麼差，樂器很可憐。」

「哦，樂器啊……」

除此之外，昌浩說不出任何話。小怪露出嘲弄的笑容，悠悠地說：

「太好了，昌浩，幸虧你元服前沒有去源那裡學笙。」

它一說完，昌浩就半瞇起了眼睛。不難想像去學會發生什麼事，但是，沒必要在這時候說那種話吧？

這只是假設，現實中昌浩並沒有去源那裡學過。

反正我就是沒有音樂才華嘛。

昌浩氣得繃起了臉。小怪用尾巴啪唏拍拍他的頭，舉起前腳安慰他說：

「有什麼關係呢，你有其他才能啊。」

「什麼其他才能？」

「不是每個人都擁有靈視能力。」

「成親大哥、昌親二哥、我父親、我伯父、我叔叔，全都有啊。其他在陰陽寮工作的人，也大多都有。」

昌浩身旁多的是有靈視能力的人。

「對啦，說得也是，不過……」

小怪與成親瞬間對看了一眼。

擁有靈視能力，絕不等同於擁有強大的靈力，其中當然不乏僅僅只是看得見的人。

而且，不論怎麼修行，其他人都不能成為晴明的接班人。

看到成親苦笑起來，小怪輕輕嘆口氣說：

「擁有才能的人，有時很殘酷。」

帶著嘆息的喃喃低語，沒有傳入昌浩耳裡。

板著臉的昌浩，甩甩頭，轉換心情。現在不是為那種事懊惱的時候。

「我不認得源大人，哥哥應該認得吧？」

「應該吧。」

昌浩拜託點頭回應的成親一起去雅樂寮。

「宴會的準備你都作完了嗎？」

肩上的小怪問，昌浩仰面朝天數著手指。

「呃，嗯，大致上都做好了。我該做的事，大多昨天就完成了。」

最後只剩下宴會當中要做的一些瑣事。

「聽說今晚是晴空萬里，幸好不會下雨。」

成親笑了，昌浩的眼神也變得柔和了。

「要是下雨，所有的準備就白費了。」

「就是啊，萬一下雨，只好臨時改成管弦宴會……不過，賞月宴會還是要賞月才有樂趣。」

這是今年的首次宴會。雖然現在是春天，但還是會冷。所以，宴席上少不了取暖的用具。

不過，所謂的取暖用具，頂多也只有火盆、溫石、毛皮墊子。若不是皇上親自邀請，宴會恐怕會辦不成。

「也差不多是藤壺冊立為后的時候了，可能是想熱鬧一下吧。」

昌浩問甩著尾巴的小怪：

「誰想熱鬧？」

「道長啊。過年的興奮差不多平靜下來了，他是想趁這時候以宴會為藉口，向貴族們做種種示意吧。」

昌浩眨了眨眼睛。

老實說，昌浩還不是很了解這樣的政治。安倍家的家世，在貴族中只能算是勉強吊車尾，所以進不了政治中樞。

但是，從陰陽師這個立場來看，狀況就不同了。

在政治背後的陰陽師，越有能力就越有可能接近政治中樞。

昌浩並不太想去那種地方。

因為感覺很難混，直覺上也不喜歡。
不過，既然以陰陽師為目標，就不能說這麼任性的話。
雅樂寮還在為今晚的宴會做準備，到處都吵吵嚷嚷。
樂人們都全神貫注地調整自己的樂器。可以在皇上面前嶄露頭角，無論如何都要卯起勁來。
若能得到皇上的讚賞，就可以當成一輩子的話題。
「哇，果然不同凡響。」
已經是初春，寮內卻熱氣彌漫。
昌浩讚嘆地東張西望。在昌浩旁邊把手搭在眼睛上方的成親環視周遭。在昌浩肩上看著他們的小怪，發現柱子背後有人。
夕陽色的眼眸閃爍起來。
它直直豎起耳朵，集中精神傾聽喧嚷聲後面的交談。
「……！」
「唔……」
「……」
「……！唔……」
昌浩發現小怪半瞇起了眼睛。

「小怪？」

小怪沒回應。昌浩訝異地循著它的視線望過去，看到好像有兩個官吏在柱子後面爭吵。

成親把手砰地搭在猛眨眼睛的昌浩肩上。

昌浩斜斜往上看，發現成親的表情有些僵硬。

「在那邊爭吵的其中一人就是源繁大人，靠近柱子那個。」

詫異地倒抽一口氣的昌浩，拉回視線，看到另一個人輕輕推開繁，就轉身走開了。

繁似乎被逼入了絕境，臉色發白，咬著嘴唇。他的手裡緊握著笙笛。當然不是付喪神的笙，而是沒有生命的一般樂器。

繁甩甩頭，走回自己的崗位。

「啊……」

昌浩不由得伸出手去。但即使追上他，也不知道該如何切入話題。

把手縮回來，不知如何是好的昌浩，聽到成親的低喃。

「綱基大人為什麼……」

不同於平時的嚴厲語氣，引起昌浩的好奇。

昌浩詫異地皺起了眉頭。

成親察覺到朝向自己的視線，就往建築物外面移動，以防說話被人聽見。

移到外廊盡頭的成親，又很仔細地確認周圍有沒有人，小怪疑惑地問：

「成親啊，你很小心呢，怎麼了？」
成親瞥一眼從昌浩肩上望向自己的小怪，苦笑著聳聳肩說：
「因為這裡是妖魔鬼怪橫行跋扈的皇宮啊，所以我必須注意，不要透過言靈把它們叫出來。」
「哦？」
小怪瞄成親一眼，成親忽地瞇起眼睛接著說：
「可以用玩笑帶過，表示狀況還不嚴重。」
昌浩聽出他的語調裡似乎透著沉重的感覺，不由得挺直了背脊。
看到小弟那個樣子，成親極力展露開朗的表情。
「怎麼了、怎麼了？弟弟，不用這麼正經八百啦。」
「咦，可是……」
總覺得出了什麼事。雖然只是感覺，但他知道自己的直覺很準。
倚著高欄的成親，抬頭朝向天空。
是清明的藍天。春風尚有寒意，帶著刺人的犀利。
因為成親仰望著天空，所以昌浩看不到他的臉。
過了一會，成親才開口說話。
「剛才跟源繁吵架的男人，是藤原一族，名叫綱基……名聲不太好。」
成親是藤原為則的女婿，所以也算是藤原一族。藤原的族人多到數不清，但畢竟都是親戚，所以成親大約記得他們的親屬關係和長相。

「根據我不太可靠的記憶，綱基的侄子應該是在雅樂寮吧。大約十七歲左右，幾年前他行元服之禮時，我岳父曾把他介紹給我認識，但不熟。」

小怪半瞇起了眼睛。

這哪叫「不可靠的記憶」，能記得這麼多根本就是太厲害了。對大致上也掌握了藤原氏人數的小怪來說，可以記到這麼詳細，已經值得驚嘆了。

身為參議的女婿，或許會遇到很多不想看見、不想知道的事，但也無法從那些事逃離吧。

昌浩悄悄問表情嚴肅的成親：

「哥哥……那個綱基怎麼了？」

「哦，我聽說了一些不好的傳聞。不過，我想只要不會牽連到我岳父，我應該也不用刻意採取什麼行動。」

「很明智呢。」

「謝謝。」成親有氣無力地回應，苦笑著說：「嗯——沒想到有被騰蛇稱讚的一天呢。」

小怪的眼眸閃過厲光，甩一下尾巴，板起臉說：

「正經點。」

「對不起。」坦然道歉後，成親嘆口氣說：「聽說他會指示他豢養的術士去做種種事，我也只是聽說而已。」

昌浩把嘴巴抿成了ㄟ字形。

他也聽說過，就像藤原道長倚重安倍晴明那樣，貴族之間也會雇用陰陽師、法師或術士。

有些是專屬於某貴族，有些是偶爾受雇於某貴族。

「畢竟這是個為了逼退政敵可以公然使用咒殺或詛咒的時代，就某方面來說，什麼事都可能發生，不過，我不喜歡這種手段。」

「我也是……」

「嗯，一起度過不要被那種心狠手辣的人當成棋子的人生吧。」

昌浩默默點著頭，回應哥哥語重心長的話。

看著小弟這樣的動作，成親心想有爺爺和騰蛇在的時候，再怎麼樣也不會讓他做那種事吧。

聽完兄弟間小小的誓言，小怪舉起前腳發問：

「綱基到底做了什麼事？」

「啊，對了。」

成親把話拉回正題。

綱基的侄子名叫文枝。這個文枝身為樂人，擁有一定程度的實力，但無論如何都搶不到首席的地位。

「因為當一個樂人，才能比家世還重要。再怎麼炫耀藤原氏的權威，沒有才能就是得不到肯定。」

在這方面，與實力主義的陰陽寮有共通之處。

昌浩說出這個想法，成親淡淡一笑，在他的太陽穴附近輕輕彈了一下。

「也許是吧……」

但是，要說陰陽寮是不是實質上的實力主義，成親知道絕對不是。

自己雖是曆部，但不到三十歲就能坐上博士的位子，就是最好的證明。

藤原氏在這種地方也能展現威力。

啊，政治這種東西既骯髒又汙穢，鑽得越深就越多令人厭惡的事，我絕對不要什麼權力。

這麼想的成親，知道沒有力量就很難保護心愛的東西，所以也有某種程度的覺悟要自己當壞人。

正邪兼立是貴族的常理。

「文枝最拿手的是笙笛。」

聽到這裡，一直在想這些話到底有什麼關聯的昌浩，察覺所有事都連成一條線了，不禁眨了眨眼睛。

連小怪都張大了眼睛。

「是嗎？」

昌浩問點著頭的成親：

「那麼，阻礙那個文枝成為首席的人是……」

「剛才跟綱基吵架的源繁大人。」

◇ ◇ ◇

晴明在安倍家自己的房間，坐在矮桌前，一臉嚴肅地盯著式盤。

忽然，有神氣降落在他旁邊，他頭也不回地說：

「怎麼了？白虎。」

身材壯碩的壯年神將現身了。

「太陰和玄武都還沒回來吧？有沒有什麼消息？」

「我這裡還沒收到哦，你那裡沒有風傳來嗎？」

白虎與太陰同屬風將，兩人可以透過風彼此傳遞訊息。

白虎在晴明背後坐下來，搖搖頭說：

「沒有啊，都快中午了，他們到底跑哪去了？」

老人邊聽白虎碎碎念，邊歪著頭說：

「我沒有命令他們去做很困難的事啊。」

他只是受小妖之託，叫他們兩人去找獨角鬼而已。這並不是什麼困難的事，朱雀

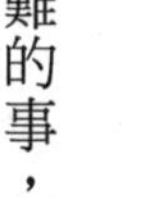

和天一、太陰和玄武卻都還沒回來，總不會是遇上了棘手的事吧？

白虎輕輕舉起手，對眉頭深鎖陷入沉思的老人說：

「晴明，我也去找吧。」

晴明回過頭，低聲沉吟。白虎看到他的視線，覺得很奇怪。

「嗯？」

「沒什麼……」

晴明看一眼沒有人在的地方，嘆了一口氣。

「為了搜尋區區小妖，動員這麼多十二神將，恐怕會被天空或宵藍的雷擊中，絕對不可以。」

「也對……說得沒錯。」

白虎點點頭，由衷表示贊同。就算天空讓一百步同意了，青龍也會橫眉豎目地說：

「怎麼可以讓驕傲的十二神將做那種事！」

「嗯——還是我自己出動比較快。」

晴明欠身而起，白虎按住他的肩膀，逼他坐下來。

「不用，我去，你在這裡等，這樣才不會惹麻煩。」

「是嗎？那就這樣吧？」

「就這麼決定了。」

白虎鬆口氣站起來。然後，露出了擔心的神色。

「晴明。」

「嗯？」

老人再次盯著式盤看，那個側面很眼熟。白虎記得他曾經露出這種煩惱的表情，作了什麼決定。

「又發生了什麼事嗎？」

面對式神的詢問，晴明淡淡一笑，心想他居然還記得。

「大約九年前，不是有個陰謀嗎？」

白虎在記憶裡搜尋，找到答案就點了點頭。老人把手放在式盤上說：

「以前，月亮曾蒙上陰影。當時我思考了一會，決定當作沒看見，因為我判斷這件事與我無關。」

陰陽師不能占卜自己的事。出現在式盤上的事，只要沒人來找他，就表示跟他無關。

「昨天晚上，月亮又蒙上了陰影……這次我不能不管。」

「為什麼？」

老人輕輕嘆口氣說：

「因為昌浩好像受到了牽連。他本人並不想被牽扯進去，也沒發現被牽扯進去了……」

既然被牽扯進去了，昌浩就不會視而不見。

響起轉動式盤的聲音。

在白虎的默默守候中，晴明集中精神占卜了好一會。

沒多久，出現了一個結果。

「與逝者之邂逅啊……」

老人合抱雙臂，陷入沉思中。

這究竟是什麼意思呢？

◇　◇　◇

他們偷偷觀察在雅樂寮一隅收拾樂器的繁的神情。

他全身散發著高度緊繃的氛圍。在這種狀況下詢問他，也得不到完整的答案。

昌浩和成親打消念頭，折回了陰陽寮。

在回陰陽寮途中，由小怪說明事情的來龍去脈，以免被人類聽見。

除非有相當的靈視能力，否則聽不見小怪的聲音。而且，小怪本身不想讓人聽見就沒人聽得見，所以不用擔心。

成親聽完後，不由得張大了眼睛。

「居然來神隱這一招，也太……」

悄悄瞥雅樂寮一眼的成親，露出恍然大悟的神情。繁看起來那麼憔悴，原來是這個原因。

一直在想事情的昌浩，看旁邊的哥哥一眼，有所顧忌地說：
「哥哥，我只是猜測喔……」
「怎麼了？」
在昌浩肩上的小怪也露出疑惑的表情。
「真的只是猜測喔……能在皇上面前演奏是很了不起的事吧？」
成親與小怪彼此互看一眼。
「嗯，應該是吧。」
「每個演奏的樂人，都會成為雅樂寮最優秀的人吧？」
而且，沒有重大原因，通常不會新舊交替。
聽出昌浩想說什麼的成親，沉下了臉。
昌浩看到他那樣子，急忙揮著手說：
「果、果然是我想太多了，請忘記我剛才說的話。」
他以為惹哥哥不高興了，趕快道歉。但是，出乎昌浩預料之外，成親瞇起眼睛，搖搖頭說：
「不……綱基很可能做出那種事。」
那個男人很可能為了侄子，綁架繁的兒子，逼繁辭退宴會的演奏。
昌浩感覺哥哥的語氣帶著不尋常的嚴厲，詫異地眨了眨眼睛。
「哥哥……」

忽然，成親停下了腳步，昌浩也緊急跟著停下來。

往前一看，藤原綱基正從前方走過來。

論身分、地位，藤原綱基都比他們高，所以兩人靠到旁邊等綱基通過。

低著頭的昌浩，察覺纏繞綱基的氣息，皺起了眉頭。

坐在肩上的小怪，悄悄與他交頭接耳。

「昌浩……」

昌浩輕輕點個頭。

纏繞綱基的氣息，就是帶走小少爺的犯人所留下的氣息。

午之刻

聽從安倍晴明的命令，出來搜尋小妖的朱雀與天一，在沒有任何線索的狀態下，絞盡腦汁思考該怎麼做才好。

他們來到右京郊外。

這一帶沒多少住家，幾乎沒有居民。以前留下來的建築物，很多都已經頹圮、荒廢了，樹木雜草叢生。

再加上土地排水不良，右京的人口越來越少。

而左京給人的印象則是隨著時間流逝越來越繁榮。

「我還以為在這裡很可能找到小妖呢……」朱雀說。

天一點點頭，托著下巴說：

「怎麼辦……還是先回去一趟，向晴明報告吧？」

從安倍家出來已經好幾個時辰了，晴明應該很想知道目前的情況。

朱雀看著戀人充滿憂愁的眼眸，開口說：

「既然天貴覺得這樣比較好，也許應該先回去一趟。」

天一輕輕點頭。朱雀托住她的下巴，擔心地蹙起了眉頭。

「妳看起來有點疲倦呢，還好吧？天貴。」

細瞇起眼睛的天一，對關心自己的朱雀說：

「還好……謝謝你的關心，朱雀，你也還好嗎？」

「妳當我是誰啊？」

朱雀開朗地笑著，臉上看不出絲毫的疲倦。

他雖不是鬥將，但通天力量僅次於四名鬥將。在體力上，與沒有戰鬥能力的天一相比，有根本上的差異。

不過，天一畢竟也是神將，所以還是比人類強韌。她看起來疲倦，並不是體力上的問題。

朱雀嘆口氣說：

「真是的，就為了區區一隻小妖……」

想到特地來拜託晴明的兩隻小妖，朱雀的臉就很臭。

那兩隻說天快亮了，就速速散去了。八成是回巢穴睡覺了。

它們在睡覺，神將們卻必須到處搜尋，感覺不太合理。但是，既然主人答應幫忙了，他們也沒有權力否決。

小妖很小隻，所以，朱雀和天一從右京南端開始緩步搜尋，走遍了遼闊的平安京城。以神腳快速移動，很可能會看漏，所以他們是以跟人類走路差不多的速度，邊走邊注意陰暗處，做滴水不漏的搜索。

使天一的臉蒙上陰霾的疲憊感，是來自集中全副精神的勞心。

「嗯……？」

朱雀忽然仰望天空，天一也晚他一步做出同樣的動作。

在天空飛的太陰和玄武，發現他們兩人，就降落地面。

著地時，瞬間失去平衡，玄武在翩然降落的太陰旁邊搖搖欲墜。

玄武稚氣的臉上浮現怒氣，隱約看出來的朱雀抓抓他的頭。他的眉間還留著皺紋的痕跡，應該是一直臭著臉的關係。

「唔……」

「有找到什麼線索嗎？」天一歪著頭問。

玄武和太陰都搖頭表示沒有。

「天一亮，小妖們幾乎都躲回巢穴了，根本沒辦法打聽。」

「偶爾碰見沒睡覺的小妖，也說什麼都不知道。」

太陰合抱雙臂嘆著氣，站在她旁邊的玄武一副有話要說的樣子。

「玄武？」

朱雀注意到他的表情，皺起了眉頭。玄武半瞇著眼睛說：

「我覺得她半威脅無辜的小妖，叫小妖們把知道的事統統招出來，根本就是反效果。」

太陰豎起了眉毛。

「我才沒威脅它們呢！是它們自己怕我，要怪就怪它們！」

「是妳不該用讓它們害怕的語氣和眼神逼問它們。」

「因為它們要逃啊！你不覺得它們是心虛嗎？」

從兩人一來一往的對話中，朱雀和天一多少聽出了端倪。

被突然出現的十二神將擋住去路，膽小的小妖難免會害怕到底出了什麼事，想要逃走。

朱雀思考了一會。

說不定一個人行動，不要兩人一組，比較可以解除小妖們的戒心。

但是，若問他會不會這麼做？答案是他從來沒想過要讓天一單獨行動。

「那麼，你們也毫無收穫？」

「對啊，沒有。」

「意思是你們也沒有？」

「是啊。」

天一垂下眼睛，若有所思地托著下巴。

「已經出來很久了，所以我想最好回安倍家一趟，向晴明大人報告目前的狀況。太陰，你們有沒有報告什麼？」

有白虎留在安倍家，太陰只要把風傳送回去就行了。

太陰眨眨眼睛，砰地拍一下手說：

「啊，對哦，最好先做個報告，我都沒想到。」

「還有……」

玄武舉起了手。

「怎麼了？」

「昌浩那邊也有麻煩，所以，朱雀，你們可以也替他留意一下嗎？那邊的對象不是小妖而是人類。」

朱雀與天一面面相覷。

「什麼麻煩？」

「怎麼回事？」

玄武向疑惑的天一和朱雀做了簡短的說明。

聽說源家的兒子被神隱，兩個人的表情都很凝重。

「這件事……不簡單。」

朱雀低聲嘟囔，在他旁邊的天一愁容滿面。

「要盡快找到他才行……」

小孩子很脆弱。與妖怪扯上關係，更是隨時有生命危險。

「昌浩去陰陽寮工作了，我本來想有線索就通知他，可是都沒有，所以沒什麼可以通知。」

太陰嘆著氣仰望天空。

「請晴明占卜，應該可以很快找到線索……」

但是，考慮到昌浩的心情，絕對不能那麼做。

「太陰，那麼做，昌浩可能會恨妳一輩子。」

朱雀滿臉無奈地說，太陰沮喪地垂下了肩膀。

「我想也是……」
想到昌浩的臉，太陰又嘆了一口氣。
「我再從上空繞京城一圈看看吧，玄武，走啦。」
玄武瑟縮地搖搖頭說：
「不……我想先回去一趟，向晴明報告中間經過。天一剛才說有這樣的必要性，說不定晴明也掛記著這件事。」
「天一回去就行啦。」
「不、不，我們跟天一他們是個別行動，不能推給天一一個人。天一，妳也這麼想吧？」
被問到的天一，看著向她求救的呆滯眼眸，眨了眨眼睛說：
「是啊……那麼，我們一起走吧，玄武。」
玄武在內心深深感謝善解人意的天一的體貼。
蹙起眉頭的太陰喃喃說道：
「是嗎？那麼，我再繞完一圈就回去，有什麼事我會先送風回去。」
「知道了。」
玄武點點頭，太陰對他揮揮手，輕盈地飛上了天空。
朱雀邊目送同袍瞬間縮小的身影離去，邊瞥一眼玄武，開口問：
「很慘嗎？」

玄武半瞇起了眼睛。

「我知道她那麼拚命，是為了晴明的命令，可是也太拚命了。她把我搞得頭昏眼花、身體不舒服，還差點掀掉不知道誰家的屋頂、用龍捲風把小妖吹走。如果是白虎跟她同行，她就會比較溫和吧？」

朱雀與天一相對而視，苦笑起來。

沒錯，白虎對太陰的確有抑制作用。

「不過，想管住太陰，派騰蛇跟著她會比白虎更有效吧？」

譬如，把他們一起關進倉庫裡，保證騰蛇什麼都不用做，太陰就會固定在那裡，動也不敢動。

就像被蛇盯死的青蛙，太陰也會被騰蛇盯死。

對於朱雀的提議，玄武眉頭深鎖地回說：

「如果那麼做，太陰出來後一定會拿我出氣。到時候，你會幫助我嗎？朱雀。」

「你希望的話。」

「我希望、我由衷希望，拜託你了。」

玄武非常鄭重地要求。

聽著他們兩人對話的天一苦笑起來，把手搭在玄武肩上說：

「走吧，玄武，回家去。」

「對哦，你們該走了。那麼，我再去繞一圈。」

朱雀笑著伸展手臂，天一露出深邃的笑容對他說：
「小心點哦，朱雀。」
「不用擔心，不會有不怕死的傢伙，敢在這種大白天挑戰十二神將。就算有，反擊就是了。我才擔心妳在回去的路上會不會有事呢，天貴。」
「不會啦，不用擔心。」
「不管妳怎麼說，我都放心不下，乾脆我也回去吧？」
「先回去，再走回到這裡嗎？這樣你太累了。」
「妳好窩心啊，天貴，有妳這份心意，我再辛苦都不算什麼。」
「朱雀……」
看著兩人交談的玄武，眨眨眼睛，舉起手發言：
「對不起，聊得正熱絡時打斷你們，我想差不多該出發了，可以嗎？」
朱雀捨不得短暫別離的心情，玄武不是不了解，可是，真的很短暫，搞不好一個時辰後就會再會合了。
「嗯？啊，說得也是，玄武，天貴拜託你了。」
朱雀抓抓玄武的頭，瀟灑地轉過身去，對著天一豎起食指與中指，送出了什麼信號，就騰空躍起離開了。
看到目送他離去的天一開心的樣子，玄武心有所感。
雖然稍嫌過度，但看著這樣的朱雀和天一，心頭還是會湧現一股暖流。

昌浩不必做到這樣，只要對小姐多少有些自我主張，小姐也會開心一點吧？

想到住在安倍家的女孩，玄武就忍不住要這麼想。

◇　◇　◇

響起關上門的微弱聲音。

在自己房間寫字的晴明的背後，出現了十二神將天后的身影。

「晴明大人，小姐好像要出門了。」

「哦，是嗎？是不是露樹拜託她去買東西？」

晴明停下手，抬起頭。天后憂心忡忡地接著說：

「讓小姐一個人出去好嗎？六合也不在，必要的話，我可以……」

這時候，另一道神氣降臨，一個神將現身了。

「怎麼了？天后，妳好像在擔心什麼事呢。」

是笑容爽朗、聲音冷靜的十二神將勾陣。平時都待在異界很少下來的她會現身，是因為同袍大半都外出了。

「沒什麼，就是……」

聽晴明說完原委，勾陣露出深思的眼神點點頭。

「原來如此，這的確叫人擔心……不，天后，不用妳出動了。」

忽然瞇起眼睛的勾陣，轉過頭去，說出了這樣的話。
天后也幾乎在同一時間察覺，安心地放鬆了肩膀。
「嗯，沒錯。」
有兩道同袍回來的氣息，降落在小姐身旁，其中一道氣息直接跟著小姐走了。他們回來得正是時候。
隔了一會，十二神將玄武出現了。
進來晴明房間的玄武，看到跟他一樣是水將的天后，以及很少下來的勾陣，驚訝地張大了眼睛。
「天后在不稀奇，怎麼勾陣也在呢？發生什麼事了？」
看到玄武掩不住驚訝的樣子，勾陣苦笑起來。
「我和騰蛇如果只有在緊急關頭才從異界下來，不是有點無聊嗎？我們偶爾想下來時，也會下來啊。騰蛇還從去年春天，就一直住在這裡了呢。」
聽到騰蛇的名字，天后的眼神就很不友善。勾陣早就猜到她會有這種反應，所以假裝沒看到，又接著說：
「青龍從昨天晚上就在鬧脾氣，晴明，是你對他說了什麼吧？」
成為攻擊目標的晴明，滿臉驚訝地說：
「我嗎？」
勾陣嚴肅地點點頭。

「是的，他氣得打碎了荒野一角的岩石山。」

那時候，勾陣正在跟天空下圍棋，突然聽到轟隆隆的破壞聲響，嚇得差點跳起來看怎麼回事。

在旁邊觀看兩人棋賽的太裳，隔了一會，喃喃冒出了一句話。

——對了，剛才我看到青龍往那裡走去……

太裳還說青龍從人界回來後就悶悶不樂。勾陣和天空聽到他這麼說，就大概猜到發生了什麼事，又繼續下圍棋。

對了，他們用的圍棋盤和棋子，都是天空創造出來的。

「每次他不高興就擊碎岩石山，所以那一帶幾乎變成平地了。」

勾陣合抱雙臂嘆了一口氣，天后對她說：

「可是，青龍絕對不會把氣發在別人身上。」

「有時候他也會瞪人或撂狠話啊。」

老人插嘴這麼說，把天后氣得挑起了眉梢。

「那是晴明大人說了什麼刺激青龍的話吧？」

「嗯……也不無可能啦。」

晴明咔哩咔哩搔著太陽穴一帶。

玄武在這樣的老人前面跪坐下來，挺直了背脊。

「晴明，沒找到那個小妖，它真的在京城裡嗎？」

勾陣和天后都把視線轉向了玄武。外表是小孩子模樣的神將，露出與稚氣的臉龐不相稱的嚴肅表情。

「我們是從空中搜尋，或許會有疏漏。可是，天一和朱雀是在地上滴水不漏地搜索，應該不會有疏漏，卻還是找不到任何線索。」

連晴明都擺出沉思的模樣，合抱雙臂，細瞇起眼睛。

「嗯……」

勾陣看著他們兩人，不禁在內心思索。

會這樣搜尋小妖，是受小妖之託吧？

或許不該這麼說，可是，一個絕代大陰陽師與一個十二神將，為區區一個小妖，面色如此凝重，會不會太誇張了？

這世上還有很多更重要的事吧？

「為了區區一個小妖請你占卜有點小題大做，可是，找到現在都找不到，也真的是束手無策了。」

說到這裡，玄武怏怏不樂地皺起了眉頭。

「老實說，為了小妖搞得心情這麼不好，我覺得很生氣，憑什麼要我們十二神將為這種事傷神呢？」

勾陣與天后相對而視，心想的確是這樣。

「晴明，你要知道，所謂十二神將正如其名，是居眾神之末的神呢。雖然現在成

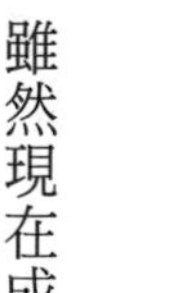

為你的式，就有義務完成你下的命令，可是，也不該叫我們去找一隻小妖吧？」
平常不多話的玄武，會變得這麼多話，是因為怎麼樣都無法釋懷。
雙臂環抱胸前聽著玄武說話，還不時喔喔回應的晴明，「嗯～」地沉吟後抓抓太陽穴一帶。
「可是……它們來拜託我啊。」
「晴明，有人來拜託你，你就什麼都做嗎？是這樣嗎？」
被外表是小孩子模樣的神將瞪視的晴明，滿不在乎地點著頭說：
「只要對方沒有敵意或惡意，陰陽師就不能挑三揀四吧？」
面無表情的玄武，狠狠逼向了悠悠回答的晴明。
「不，這時候請你想起篩選的重要性。陰陽師如果連不三不四的委託都接下來，身體會撐不住。靈力、體力和氣力都有極限，更何況你是個老人。請偶爾也思考一下，對方是不是值得同情。」
看到玄武一反常態口若懸河，晴明訝異地詢問：
「怎麼了？玄武，你真是高談闊論呢……而且很激動。」
玄武立刻半瞇起眼睛，沉默下來。看到同袍把嘴巴緊緊抿成ㄟ字形，默不作聲的樣子，天后插嘴說：
「晴明大人，玄武說的話也有道理。」
「是嗎？可是……」

晴明摸著下巴，臉色凝重。從頭看到尾的勾陣，淡淡笑著對他說：

「晴明啊，其實原因很簡單，你接受委託只是為了打發時間吧？」

玄武和天后都張大了眼睛。

被勾陣這麼一說，晴明只是抿嘴一笑，沒有明言。

差點崩潰倒地的玄武，雙手著地，肩膀顫抖。

「……」

突然，他很想重新審視十二神將的存在意義。

天后摸摸這樣的同袍的頭，安撫他。

「晴明大人……可不可以請你認真點思考？」

「我有認真思考啊，起碼我怕宵藍會吹鬍子瞪眼，就排除了親自出動的選擇。」

總覺得不是這樣的問題，但他畢竟有考慮到青龍的反應，所以應該是有在思考吧。

至於思考得對不對就是其次了。

這麼想的勾陣苦笑著嘆口氣，就聽到玄武發出低沉的聲音說：

「改天再請天空和青龍也一起出席，共同討論這件事。」

「喂、喂。」

晴明也不免緊張起來，玄武半瞇起眼睛看著他，端正了坐姿。

「還有其他事。」

「其他事？」

蹙起眉頭的晴明，腦中閃過蒙上陰影的月亮、以及與昌浩相關的什麼事。

晴明的臉緊繃起來，天后和勾陣的表情也跟剛才不一樣了。

「是神隱。樂師繁的嫡子，昨天被妖怪之類的東西帶走了。」

◇　◇　◇

在午時過半時，藤原彰子披上外衣，走出了安倍家。

才踏出門，就碰到像是從哪回來的玄武和天一。擔心彰子一個人出門的天一，要求與她同行。

就近隱形的天一，神氣非常微弱，但彰子可以感覺得到。

神將如果完全隱藏神氣，就連靈視能力號稱當代第一人的彰子，也很難捕捉得到。天一和經常隨行的六合，應該都是刻意把神氣傳給了她。

她說過好幾次，一個人出門也沒關係，可是，昌浩總是說女人一個人走在外面很危險，露出很擔心的表情。她不想看到昌浩那樣的表情。

而且，市場有時候也會有看起來像壞人的人橫行，所以，有神將們陪伴也比較安全。

『小姐，今天要買什麼？』

天一的聲音恬靜、溫柔、非常清澈，聽起來很舒服，光聽就很安心。

旁邊的人只看得見彰子，所以彰子沒有把臉轉向天一，悄悄回應。

「阿姨拜託我買鹽和線。另外，有山茶油的話，我想買一些。」

『山茶油嗎？』

「是的。」

彰子瞥一眼自己不到腳踝的頭髮，細瞇起眼睛。

「已經不能再留太長了，可是，我還是想在能力範圍內做好保養……」

隱形的天一瞇起眼睛，注視著彰子的背影。

從出生以來，她就是藤原氏的千金小姐，是個被服侍長大的女孩。頭髮的保養，應該是每天都有侍女幫她做。

長過身高的頭髮是美貌的條件，她卻把頭髮剪了。

來到安倍家的她，努力想融入這個家，成為這個家的家人而不是客人。長頭髮在做家事時會成為妨礙，所以她自己決定剪短。

天一知道，彰子當時有點落寞地看著剪掉的頭髮。但是，她很快就露出了開朗的笑容。

想起那時候的事，天一平靜地說：

『小姐的頭髮烏黑亮麗，抹上山茶油一定會更漂亮。』

聽到天一這麼說，彰子稍微轉過頭去，開心地展露微笑。

「謝謝。」

三条的市場充滿活力。
買到阿姨拜託的東西後，彰子開始尋找賣山茶油的商人，可是找了很久都找不到。走到最尾端，也沒看到賣那種東西的攤販。
攤販不是每天都來，所以可能是今天沒來。
彰子也不是每天都來，所以就某方面來說，能不能碰到要靠運氣。
到處走來走去的彰子，失望地嘆口氣說：
「今天好像沒來呢。」
『好像是呢……』
聲音聽起來有點沮喪。彰子彷彿看見天一陰鬱的表情，慌忙補充說：
「可是，下次來的時候說不定會在，到時候再買就行了，倒是……」
彰子環視市場，瞇起了眼睛。
「昌浩今天也外出了吧？我想買點好吃的東西回去給他，天一，妳覺得買什麼好呢？」
天一覺得彰子總是惦念著昌浩的模樣很可愛，微微笑了起來。
『我想小姐應該比我更了解昌浩大人吧？』
「是這樣嗎……希望是。」
喃喃自語的彰子，眼神十分溫柔。
「疲憊的時候，應該是吃甜食比較好吧……咦？」

環視周遭的彰子，忽然眨眨眼睛，叫出聲來。

『小姐，怎麼了？』

天一追逐著她的視線望過來，但彰子拋下她，逕自往前走。

訝異的天一跟在她後面，在熙來攘往中穿梭，逐漸遠離了市場雜沓。

彰子停下腳步，蹲下來。隱形的天一發現她在看的東西是什麼，驚訝地張大了眼睛。

『哎呀……』

擔心地伸出手的彰子的前面，是趴倒在地上動也不動的小妖。

圓圓的身體、有一隻角、比球大一點的小妖，是獨角鬼。

是十二神將朱雀和天一、玄武和太陰，花了一整晚的時間都沒找到的小妖。

獨角鬼全身癱軟，仔細看，身上有點髒。

抱起獨角鬼的彰子，顧不得會弄髒衣服的袖子，邊幫它擦臉邊疑惑地想：

「發生什麼事了？它怎麼會大白天睡在這種地方呢？」

天一看它的樣子，覺得比較像昏迷而不是在睡覺。

獨角鬼在訝異的彰子懷裡喃喃低語。

「唔……子……」

「午時？呃，現在是午時沒錯，怎麼了嗎？」

彰子這麼問，但獨角鬼沒有聽見她問的話。它似乎是昏過去了，說著夢話。

『小姐，其實這隻小妖已經失蹤了一個晚上。』

「咦？」
獨角鬼浮現痛苦的神情，在驚訝的彰子懷裡呻吟。
「唔……孫……子……孫……子……」
彰子眨了眨眼睛。
「孫子？呃……」
滿臉困惑的她移動視線，抬頭望向隱形的天一的視線高度附近。
「它說的孫子……是昌浩嗎……」
小妖們說的孫子，十之八九就是他吧。
天一把神氣加強到只有彰子看得見的程度，現出身影，深思地點著頭說：
「是的……應該是。」

◇ ◇ ◇

在源家宅院心急如焚地等待的付喪笙，終於忍不住站起來了。
「怎麼了？笙。」
付喪笙轉頭對驚訝的天兒等付喪神說：
「我不能在這裡坐著等，我要去找小少爺。」
付喪神們都還來不及攔住它，它就衝出了宅院。

它不是不信任昌浩和小怪。

只是心浮氣躁、焦慮不安。

無法壓抑著急的心。

「小少爺……！」

那一定是某種預感。

未之刻

因為是事「後」才會懊「悔」，所以稱為「後悔」。

成親表情嚴厲地瞪著綱基離去的背影。

「哥哥，怎麼了……」

感覺大哥的樣子不太對勁的昌浩眨了眨眼睛。

成親搖搖頭，嘆口氣說：

「沒……沒什麼。」

坐在昌浩肩上的小怪，眼神也跟成親差不多。它伸長了脖子，夕陽色的眼眸閃過厲光。

「看你的表情，不像沒什麼事。成親，到底怎麼了？」

不只昌浩，連小怪都開口問了，成親沉下臉說：

「以前發生過一件事……但沒有確鑿的證據。」

可能是轉彎了，綱基的身影不見了。成親把視線從那裡拉回來，半垂下了眼睛。

「對方再怎麼樣都是藤原一門的殿上人，沒有證據就懷疑對方，不知道對方會做出什麼事來。」

他邊說邊浮現苦笑。

「對付我沒關係，我就怕會連累家人……騰蛇，你可以責備我。」

聽完他帶著自嘲的話，小怪甩甩尾巴說：

「很不巧，我沒興趣責備後悔的人。」

成親微微瞪大了眼睛，一直以複雜的表情聽著他說話的昌浩發問：

「以前……發生過什麼不好的事嗎？」

他故意說得曖昧不清，以防萬一被誰聽見。成親低聲沉吟：

「以前，有個老朋友過世了……當時我知道他的身體狀況不太好，卻沒能為他做什麼。」

昌浩和小怪都倒抽了一口氣。

成親呵呵一笑，拍拍弟弟的背說：

「差不多該回陰陽寮了，我的位子老是空著，曆生們又要抓狂了。」

有人看見回到陰陽寮的昌浩和成親，就跑過來了。

昌浩轉過頭去，成親也把視線朝向那個人。

快步跑過來的是藤原敏次。

在兩人前面停下來的敏次，先向成親行個禮，再轉向昌浩說：

「你不在工作崗位上，所以我找你很久了，你在做什麼啊？昌浩大人。」

昌浩慌忙道歉。

「對不起，我有事……」

「有事？」

工作中能有什麼事？

看到敏次正顏厲色的樣子，成親趕緊舉起一隻手發言。

「對不起，是因為我的事把他帶出來了。」

「成親大人的事？」

敏次訝異地皺起了眉頭，成親用力點著頭說：

「是啊，已經辦完了，所以正要回陰陽部。等一下我會去向博士致歉，所以請你原諒，拜託你了。」

成親低下了頭，嚇得敏次驚慌失措。

「成親大人，請不要這樣，我都知道了。」

敏次狼狽地說完後，轉向了昌浩。

「大家都在找你，你快回去吧。」

「是，對不起。」

昌浩乖乖地道歉。敏次對他點點頭，再向成親行個禮，就快步往回走了。他手上拿著書，所以應該是去上課了。

在昌浩肩上進入備戰狀態的小怪，齜牙咧嘴地說：

「為什麼偏偏是你來、為什麼偏偏是你來！宴會的準備大致都做完了啊，你到底來幹什麼！」

「宴會的準備做完了，並不表示工作都沒有了啊，沒辦法。」

即便處理到某種程度了，雜務還是會一直冒出來。

昌浩邊摸著火冒三丈的小怪的頭，邊向成親道歉。

「對不起，哥哥，其實是我拜託你跟我一起走的……」

成親淡淡一笑說：

「不用介意，我只是覺得那麼說比較好擺平，就那麼做了。」

他伸出手，輕輕彈一下昌浩的額頭。要不是昌浩戴著烏紗帽，他可能就會在昌浩頭上摸來摸去。

這樣待了一會的成親，望著敏次離開的方向，思緒似乎跑到哪去了。

昌浩和小怪都訝異地眨了眨眼睛。

「哥哥？」

「怎麼了？」

「我剛才說的老朋友……」成親遙望遠處，平靜地接著說：「名叫藤原康史，就是敏次的哥哥。」

出乎意料之外的話，讓昌浩啞然失言。

「咦……？」

追逐哥哥的視線望過去的昌浩，重複哥哥說的話：

「敏次的……哥哥？」

昌浩知道敏次是次子，但不知道他的哥哥已經過世了。

聽說敏次會進入陰陽寮是聽從行成的建議，陰陽寮又有很多人姓藤原，所以，昌浩一直以為那之中的某人是敏次的哥哥。他跟敏次沒有熟到會聊家人的事，而且他對這種事也不是特別在意。

敏次自己當然沒有提過這件事，昌浩也沒聽行成說過。

但是，回想起來是有點奇怪。動不動就會提起敏次的行成，怎麼從來沒提過他的哥哥呢？

被昌浩這麼一問，成親面有難色地笑了起來。

「因為……他的死……太突然了，可能行成大人也沒辦法當成回憶來談吧。」

「突然是什麼意思？」

坐在昌浩肩上的小怪，用力甩一下白色尾巴。在透明的夕陽色眼眸的催促下，成親思索著該從哪說起。

「他是內藏寮的官吏，有一天早上在被褥裡成了冰冷的屍體。前一天，他還活得好好的。」

不過，成親清楚記得，不知道是不是太忙，他的臉色不太好。當時，成親感覺那應該不只是因為生理上的忙碌。

「看他滿臉心事，我對他說如果他願意說就告訴我……」

他無力地笑著說：「那麼，我走投無路時就拜託你了。」

那張臉的側面閃過成親的腦海。

在期盼已久的假日前一天，他開心地說明天要跟弟弟去釣魚。
成親看他臉色蒼白，就跟他說改天再去釣魚，明天還是好好休息吧。
但康史搖搖頭，對成親說：
「我想跟他去玩，我已經很久沒有好好跟他說話了。」
他應該是想悠閒地垂釣，跟弟弟天南地北地聊天吧。
康史非常疼愛與他年紀相差很遠的弟弟。
昌浩不知道該怎麼回應，沉默不語。成親砰砰拍兩下神情呆滯的弟弟的背，嘆口氣說：
「我好幾天沒看見他，才聽說他過勞死了。就在那時候，綱基……」
成親的表情緊繃起來。
「當同僚們正在為康史的死哀悼時，我看到經過的綱基笑了。」
當時湊巧經過就跟內藏寮的官吏聊起來的成親，清楚看見也經過那裡的綱基揚起了嘴角。
還看到有可怕的黑影纏繞著綱基。
「什麼可怕的黑影……？」
小怪的雙眸泛起厲色。
「啊，真的很微弱，所以瞬間就散去了。」
成親知道自己的靈力只到什麼程度。那麼微弱，卻連自己都感覺到了，所以絕對沒有錯。

「剛才我跟昌浩也察覺有股氣息纏繞著綱基，成親，你以前看到的黑影，跟我們察覺到的東西一樣嗎？」

成親搖搖頭，回答小怪：

「這我就無法判斷了。不過，我聽說綱基雇用的術士通曉妖術，纏繞著他的東西，有可能是那個術士的靈力。」

聽著成親與小怪之間的對話，昌浩聯想到一件事，表情緊繃起來。

小怪察覺氣氛不對，轉向了昌浩。

「昌浩？」

昌浩抬起頭，用僵硬的嗓音說：

「哥哥，你是不是認為敏次大人的哥哥被綱基咒殺了？」

小怪張大了眼睛。

「……」

成親眨個眼，露出封鎖一切的眼神，平靜地笑著。

「我說過沒有確鑿的證據。」

所以不能直搗核心。

對方是藤原氏之一的「殿上人」。身為「地下人」的自己抱持這樣的懷疑，上面的人也不會採取行動，還可能反過來指控他誣告，嚴格懲罰他。

他曾懊惱地握緊了拳頭，心想如果有確鑿的證據就好了。

「康史是個好人，我聽說源大人的人品也很好。如果綱基在打什麼歪主意，我希望可以破壞他的計畫。」

成親是打從心底這麼想。

昌浩點點頭說：

「是啊……我也是。」

腦中浮現敏次的背影、總是直挺挺的背脊、專注前方的眼眸。

為什麼他總是那麼自我約束、努力求學呢？昌浩似乎稍微可以理解了。

◇◇◇

彰子抱著在三条郊外發現的獨角鬼，快步走在回安倍家的路上。

獨角鬼癱成一團，沒有醒來的跡象。

『小姐，妳打算怎麼處理這個小妖呢？』

隱形跟隨的天一問，彰子喘著氣回答：

「我要先把它帶到不會被任何人發現的地方，讓它休息。」

『它有擔心它下落的同伴，何不交給它們……』

彰子搖搖頭說：

「它們應該都還在睡覺，在它們醒來之前，總不能丟下它不管吧？」

『可是……把小妖帶進安倍家不太好吧？』

「那怎麼辦呢？」

彰子放慢速度，皺起了眉頭。

在她身旁現身的天一，從她手中接過剛才買的東西，深思地說：

「這個嘛……小姐，何不交給昌浩的式呢？」

映入眼簾的一条戻橋，讓天一靈光乍現。

「那個式應該會收留這個小妖，小姐也可以放心。」

彰子鬆口氣，點點頭說：

「沒錯，交給它，我放心。」

加快腳步走到戻橋的彰子，叫喚待在橋邊的妖車。陪在她身旁的天一怕有危險，小心翼翼地觀察四周。

安倍家近在咫尺了。萬一發生什麼事，在自己築起結界做防護的同時，同袍們大概也已經察覺趕來了。

「車之輔，你醒著嗎？」

聽到彰子的聲音，靜止不動的車之輔發出嘎答嘎答聲，改變了車體的方向。

附在車輪中央的鬼臉，睡眼惺忪地四處張望。

它這樣張望了一會後，才抬起頭，眨了兩次眼睛。

在車轅嘎噹嘎噹作響中，可怕的鬼臉親切地笑了起來。
彰子一招手，牛車就敏捷地爬上了橋，看來是已經摸清楚哪裡容易爬了。
車之輔歪著位於車輪中央的臉，露出詢問的眼神。
彰子向它說明了事情的來龍去脈。
「我不能把它帶進安倍家，所以想讓它睡在你的車子裡，可以嗎？」
車之輔嘎噹垂下車轅，應該是首肯的意思。
「它說沒關係。」
天一做了口譯，所以彰子呼地鬆了一口氣。
「謝謝你，車之輔。」
彰子把自己披在身上的外衣脫下來，包住了獨角鬼。繞到後面，就看到車之輔啪地掀起了車簾。
忽然，天一驚訝地轉過頭去。
兩個身影蹦蹦跳跳地跑過來。
「小～姐～」
「妳去買東西嗎？」
猿鬼和龍鬼衝過來。
彰子眨了眨眼睛。
「啊，是你們。」

看到從車之輔後面探出頭來的彰子手裡抱著同伴，兩隻小妖張大了眼睛。
「啊！」
「阿獨！」
兩隻小妖大驚失色。彰子蹲下來，配合它們的視線高度，再挪動外衣的位置，讓它們看得到獨角鬼的臉。
「啊啊啊啊啊~為什麼搞得這麼慘……」
猿鬼抱著頭露出悲痛的表情，在它旁邊的龍鬼抬頭看著彰子。
「小姐，這小子到底在哪裡？」
彰子回頭望向來時的路，回它說：
「在三条市場的郊外，它邊呻吟邊叫著昌浩。」
不過，只叫了一下子，很快就昏過去了，再也沒醒來。
「喂，你振作點啊！」
「快醒來啊！」
邊爭相叫喚邊搖晃獨角鬼的猿鬼和龍鬼都淚眼汪汪。
「有什麼清醒的藥對小妖有效嗎……」
面對煩惱地看著自己的彰子，天一也非常為難。它畢竟是小妖，總不能把它的傷勢轉移到自己身上。
「我知道晴明有幾款草藥，不知道對小妖有沒有用，我去問他吧？」

「拜託妳了。」
天一剛跨出步伐就停下來了。
「小姐，請跟我一起回宅院。」
彰子訝異地張大了眼睛。
「咦，天一，怎麼突然這麼說呢？」
「我不可以離開妳身旁。就讓這個小妖在車子裡睡覺，小姐請跟我一起回去吧。」
「可是……」
彰子有些猶豫，天一沉穩地向她曉以大義。
「有同伴陪著它，所以妳不必擔心，對吧？小妖們。」
在比天空顏色更淺的雙眸的注視下，龍鬼和猿鬼拚命點頭。
「是啊，有我們陪著它。」
「所以妳們趕快去拿好藥來。」
車之輔也跟著它們兩隻，嘎噹嘎噹地搖晃車轅，好像在說還有在下。
彰子投降了，嘆口氣說：
「我知道了……真的沒問題嗎？」
「嗯。」
兩隻小妖同時點頭。彰子摸摸它們的頭，讓獨角鬼躺在車之輔裡面。包住它的衣服就留在那裡，因為讓它躺在硬邦邦的木板上太可憐了。

才進大門，就撞見了正要出來的晴明。
「晴明大人。」
彰子驚訝地叫出聲來，晴明對她呵呵笑著。
「彰子小姐，回來了啊？妳跑腿辛苦了。」
晴明微微低頭致意，彰子就把等在門外的小妖的事告訴了他。頻頻點頭聽著她說話的晴明，忽然眨了眨眼睛。
有一道風翩然降落。是神將的風。風將白虎回來了。
「晴明大人，剛才的風是……」
靈視能力有當代第一人稱號的彰子，察覺風中蘊含神氣。
「是我派出去的神將回來了。彰子小姐，接下來就交給我晴明吧，妳進去暖暖身子，感冒可就不好了。」
三条離這裡有點遠。儘管已經過了正月，風還是很冷。她一直走在這樣的寒空下，身體想必凍壞了。
「謝謝您，那麼……」
彰子滿懷牽掛地走進了屋內。跟在她後面的天一，默默行個禮就隱形了。
換青龍出現在晴明身旁。
「不要管什麼小妖了，晴明。」
「那可不行，我是受彰子小姐之託。」

晴明走出了大門，不悅全寫在臉上的青龍跟在他後面。

車子停在戻橋的斜前方。車之輔看到老人靠近，馬上露出畢恭畢敬的表情，再看到後面身材高大的神將可怕的臉，就全身僵硬了。

因為車身突然劇烈搖晃，所以在車內的猿鬼和龍鬼都出聲抗議。

「幹嘛啦，車子。」

「不要搖嘛。」

啊啊啊啊啊，對不起！車之輔慌張地道歉。晴明對它微微一笑，繞到後面。隨從的青龍瞪了它一眼，把它嚇得全身發抖。

車身嘎噠嘎噠地晃動起來，猿鬼掀開車帘，探出頭來。

「喂，車子，你為什麼……晴明！」

看到老人的猿鬼，眼睛閃閃發亮，把車帘掀得更高了。

「拜託你了，這小子……」

憂心忡忡的龍鬼，陪在被外衣包住的獨角鬼旁邊。它看到晴明，似乎也鬆了一口氣。但看到一起來的神將，兩隻都嚇得往後退。

青龍斜站著合抱雙臂。他不是故意要嚇它們，可是光站在那裡，就把小妖們和車之輔嚇得縮起來了，因為他散發著十二神將中第三強烈的神氣。

只要隱形就能藏住神氣，但他沒有義務為區區小妖顧慮到這種事。

替獨角鬼診斷好一會的晴明，輕聲嘆口氣，轉過頭說：

「喂，宵藍，稍微收斂神氣，它們都被你嚇壞啦。」
「這是命令嗎？」
聽到明顯不好的語氣，晴明苦笑著說：
「不是命令，是請求，希望你可以這麼做。」
「啐……」
青龍懊惱地咂咂舌就隱形了。看得出來，小妖們和車之輔都瞬間放鬆了。
「神將還是很可怕。」
猿鬼這麼低喃，晴明拍拍它的頭，再摸摸龍鬼的背。
就在這時候，獨角鬼虛弱地呻吟起來。
「孫……孫……子……」
它微微張開了眼睛。猿鬼和龍鬼都盯著它的臉看。
「你醒了！」
「你跑哪去了啦！」
獨角鬼呆呆地看著同伴們的臉，似乎想起了什麼，慌張地爬起來。
「對了，要告訴孫子……咦，晴明！」
發現從車外看著自己的晴明，獨角鬼把臉皺成一團說：
「不好啦、不好啦，晴明，我看到了不得了的東西。」
老人訝異地看著聲淚俱下的獨角鬼。

「不得了的東西？」

在背後隱形的青龍低聲嘟囔，通報危險的警報器在他頭腦的一角大響。

『晴明，不要聽它說。』

「不，我不能不聽它說吧？」

因為它就在眼前說啊。

『別管它，回家去。如果你不聽我的話，我就來硬的。』

「你太霸道了，聽它說完再回去也不遲吧？」

『聽它說完就來不及啦，晴明！』

青龍的語氣越來越粗暴。

「聽我說，宵藍，總之……」

晴明還沒說完，獨角鬼就大叫起來，打斷了他的話。

「你救救他啊，晴明，那樣下去他可能會死！」

原本嘻皮笑臉的晴明，表情瞬間收斂了，眼睛亮起銳利的光芒。青龍看到他那個樣子，就現出身影，懊惱地咂了咂舌。

「晴明……！」

青龍才剛開口，晴明就舉起了一隻手叫他閉嘴。

聽到同伴說的話，猿鬼和龍鬼都啞然失言，默默看著事情發展。

晴明平靜地問：

「發生什麼事了？」

——在宇治深山裡的宅院。

獨角鬼說的地方，沒辦法確定是哪裡。

好不容易找到可能是的地方時，已經快到申時了。

有三個身影乘坐白虎的風，從天空飛來。

白虎先降落。接著是青龍。最後是使用離魂術的年輕模樣的晴明，他輕盈地著地，絲毫感覺不出他的體重。

「是這裡嗎？」晴明低聲嘟囔。

青龍毫不掩飾地皺起眉頭，目光如炬地看著晴明。

「宵藍，你老是擺著那張臉，小妖們會越來越怕你。」

神將回嗆年輕人說：

「我從來沒想過要討小妖喜歡。」

「被喜歡總比被討厭好吧？」

「無聊。」

聽著兩人對話的白虎，無可奈何地輕輕拱起肩膀。

白虎原本打算自己來勘查狀況，沒想到晴明立刻啟動離魂術，把魂魄與軀殼分離，一副理所當然的樣子催白虎快走，還對想攔阻他的青龍嗆聲：「不然你也一起

來啊。」

基本上，青龍是不想讓他使用離魂術，因為會對身體造成負擔。晴明口口聲聲說沒關係，但看就知道法術的反作用力有多強。沒有對晴明造成很大的影響，只是因為晴明也會消除身心疲勞的法術。

但是，晴明只要決定怎麼做，不論誰怎麼說都改變不了。所以，青龍才想在那之前阻止他。

「白虎，把這個白癡帶回去。」

「喂喂，再怎麼說我都是你的主人，不要叫我白癡啊，宵藍。」

「把白癡稱為白癡有什麼不對？不喜歡白癡就叫大笨蛋好了。」

「大笨……」

青龍索性不留餘地到底。

晴明按著額頭，壓抑心頭澎湃洶湧的情緒。白虎介入排解，指著宅院說：

「晴明，我用風勘查過，裡面沒人。」

嘆口氣振作起來的晴明，把視線轉向白虎所指的建築物的隔壁屋頂。

「那個小妖說的倉庫在那邊吧？走啦。」

根據獨角鬼的證言，剛才有幾隻妖怪和一個男人在那裡。

現在的晴明是由魂魄形成的臨時身影。只要壓抑靈氣，沒有靈視能力的一般人就看不見他。神將們也隱形了。

晴明悄悄靠近倉庫，把手伸向關著的門。
門一推就開了。裡面微暗。太陽快下山了，所以照進來的光線只能勉強照到中央一帶。
晴明踩進屋內，青龍緊跟在後。為了預防萬一，白虎留在外面，對周圍嚴加戒備。
環視倉庫內的晴明，看到老舊唐櫃的蓋子偏掉了。
現身的青龍打開了蓋子。
裡面除了一件外褂，沒有其他東西。
晴明拿起外褂，閉上了眼睛。
「南無馬庫索洛巴亞塔、嗒呀塔亞塔臬塔……」
眼底浮現一個光景。
有個熟睡的小孩子。幾個人進來，把小孩子從唐櫃裡抱出來。
小孩子不知道被帶去哪裡了。浮現的是黑影，所以只知道是一群男人。
刺耳的吱吱叫聲，應該是野獸的聲音吧？
「——妖氣……」
晴明喃喃低語，看著他側面的青龍猛然轉過身去。
「晴明！」
從倉庫外面傳來白虎的叫聲。
就在這時候，出現了無數的妖氣。

晴明以嚴厲的語氣喃喃說道：

「跟這裡殘留的妖氣一樣……」

申之刻

男人一面結印，一面低聲嚷嚷。

「是什麼人……」

閉著眼睛的男人，腦中映出被西斜的陽光照出陰影的山中倉庫。點點散布的無數黑影包圍著建築物，擺出低姿勢，發出低沉的嘶吼聲。

那些都是受他指使的妖獸。長得像貂，但大小差很多，有野豬那麼大。

有個人在倉庫前與它們對峙。

但是，他無法判斷那是什麼樣的人，只知道那個人擁有強大的力量。在倉庫裡的人，也跟那個人一樣。

「差點就被發現了。」

蹲在他旁邊的黑影，緩緩地抬起了頭。他摸摸這隻長得像鼬鼠的野獸的脖子。野獸發出咕嚕咕嚕嗚叫聲，似乎很舒服。

原本藏著綁來的小孩子的倉庫，有被人闖入的跡象。是妖獸發現的。它們對主人非常忠心，是以非人的敏銳感覺發現的。

他從野獸接到這樣的通報，立刻跟主人手下的男人們趕過去，發現倉庫的門被什麼人破壞了。

他慌忙查看唐櫃，幸好裡面的小孩子沒有任何異狀。小孩子被施行了昏冥術，要他解開法術才會醒來。

他指示手下之一留下來修門，其他人在中途返回山莊。

然後，他就從那個宇治的倉庫，乘坐這些野獸回到了這裡。以人類的腳程來說，這個距離非常花時間，但是，靠妖獸的腳行進，一個時辰就到京城了。到京城後，他就隨便找個荒廢的無人宅院，躲在裡面。

他還不知道要怎麼處理小孩。主人交代他，在接到指示前把小孩藏好，必要時可以殺了小孩。

主人的指示是由派到主人身邊的妖獸傳達給他。

躺在他旁邊的小孩動也不動。從他微微上下起伏的胸口，可以知道他還在呼吸，但沒有醒來的跡象。

看著小孩的野獸，眼神像是在觀察。它邊舔著嘴邊靠近，把鼻頭湊近小孩子的臉頰。

「還不行，退下。」

男人一下令，野獸就哼哼嗚叫，乖乖退後了幾步，在他旁邊坐下來，但眼睛還是盯著小孩。

男人啐地咂咂舌，瞥小孩子一眼。

「居然把音樂看得比小孩子重要，太令人敬佩了。」

喃喃自語中帶著嘲笑的意味。

男人嗤笑起來。

「為音樂那種東西殺人？貴族也太可怕了、太可怕了。」

但也因為這樣，他才會被雇用，得到龐大的報酬。
他又閉起眼睛，讓意識飛到宇治。旁邊的野獸站起來，沒有眼珠的紅色眼睛亮了起來。
「你們——」男人對在遠距離受他指使的野獸下令：「把去那個倉庫的人全都殺了。」
包圍倉庫的野獸們的齊聲咆哮，在男人耳邊回響。

◇　◇　◇

晴明在宇治山中的倉庫裡，屏氣凝神地觀察狀況。
白虎在外面。突然出現的無數妖氣，似乎都盯著白虎，沒有其他動靜。
「晴明，要把它們趕走嗎？」
旁邊的青龍煩躁地皺起眉頭。晴明舉起一隻手制止他，露出深思的表情。
妖氣本身並不強，問題在於數量太多。
而且……
「有人看著這裡。」
年輕模樣的晴明喃喃說道，青龍的眼神更火爆了。
那個可能是放出妖獸的人，顯然在某處偷窺著他們。

晴明摸索對方的力量好一會後，嘆口氣說：
「功力不錯，找不到他在哪裡。」
「連你都追不到？」
青龍微瞇起眼睛，用意外的口吻說。晴明聳聳肩，苦笑起來。
「不過，從方位來看，可以知道應該是在京城某處。因為有段距離，對方又使用了隱身術，所以很難馬上找到。」
花時間找就找得到，但沒有時間了。
晴明合抱雙臂。
「該怎麼辦呢……」
獨角鬼說的小孩，被現在看著晴明他們的人帶去了某處。那個人知道晴明他們會來，所以搶先一步帶走了小孩。
十二神將玄武向晴明報告過一件事。
他說樂師源繁的嫡子真純，昨晚被妖怪之類的東西從宅院綁走了。家僕們一片慌亂，都說他被神隱了。於是，棲宿在宅院裡的付喪神，找上晴明的小孫子協尋。昌浩使用法術追蹤，但只能確定他還活著，沒辦法斷定他在哪裡，就把這件事的原委告訴出來尋找小妖的太陰和玄武，請他們幫忙尋找。
一個是被藏在這種深山裡的小孩，一個是昨晚被綁走的源家嫡子。
「未免太湊巧了……」

聽到主人的低喃，青龍露出訝異的神色。
「你說什麼？」
「原本在這裡的小孩，可能就是源真純。」
青龍向來帶著兇悍神色的眼睛，驚訝地稍微張大了。
「確定嗎？」
「沒有確鑿的證據，因為我沒見過源真純。」
「我是問你。」
不需要什麼證據。
年輕人的表情瞬間收斂起來。他是絕代大陰陽師。
「如果你相信陰陽師的直覺，就應該沒錯。」
那是直覺。而陰陽師的直覺通常很靈。
青龍搖搖頭說：
「不對，我會相信，並不是因為那是陰陽師的直覺。」
「宵藍？」
斜斜站立的青龍，臭著臉說：
「是因為那是你的直覺，晴明。」
晴明眨了眨眼睛。
「是嗎……」

那麼，就當作是這樣吧。

「總之，待在這裡也找不到任何線索。想辦法解決外面的妖怪，回京城吧。」

然後，必須盡快找到真純。

聽完主人的話，青龍連點頭都沒點就轉身出去了。

在倉庫外面的白虎，正放出神氣威嚇妖獸們。

是長得像鼬鼠，但比鼬鼠大很多的野獸，把倉庫團團圍住了。粗略計算，應該不到二十隻。

「不在現場卻能操縱這麼多隻妖獸，非常厲害。」

與它們對峙許久的白虎，不禁表示讚嘆。青龍皺起眉頭說：

「力量沒那麼強吧？」

「沒錯，可是速度很快。」

現在是靠白虎的風圍住了倉庫四周，所以妖獸們不能靠近。

白虎試著放出真空氣旋，它們就以超越想像的速度閃過，並窺視他的破綻。

「看起來像是被操縱，但每一隻都有獨立的自我，有點麻煩，怎麼辦？」

聽完同袍的話，青龍低沉地回應：

「全部一次殲滅，瞬間就結束了。」

白虎一本正經地點著頭說：

「啊，真是好主意呢……要連倉庫一起毀了嗎？」

「突然出現龍捲風，把整個倉庫吹倒，也是常有的事。」

「不常有吧？」

插嘴的是晴明，白虎一副有話要說的表情盯著同袍的側面。

大概是很想速戰速決吧，從青龍全身迸出了毫不留情的鬥氣。

白虎大致上明白同袍的意圖。青龍是想趕快把晴明帶回家，叫他解除離魂術。再怎麼樣，晴明都沒必要為了一隻小小妖，使用法術親自出動吧？白虎隱約可以感覺到青龍這樣的怒氣。

白虎的心情也跟青龍差不多，但是，摧毀整個倉庫還是要三思。那麼做不就跟太陰做的事一樣了？

這樣不好吧？

「對了，晴明，你知道這是誰的山莊嗎？」

白虎忽然想到這個問題，晴明按著太陽穴，在記憶裡挖掘。

在宇治持有山莊的貴族不少。離倉庫不遠處的山莊，規模不算小，在這個季節，應該也有負責管理的男僕常駐。擺在倉庫裡的家具雖然舊，但應該還有不錯的價值。

「啊……應該是藤原綱基的山莊吧。」

回應後，晴明猛然張大了眼睛。

以前，曾經有個陰謀。

當時，晴明看見月亮蒙上了陰影。昨晚，又看見了跟九年前同樣的陰影。

那個陰影是某人的陰謀。晴明發現了，卻視而不見，就在月亮的陰影消失的同時，一顆星星墜落了。

有一次，孫子成親懊悔地對他說了一件事。

——他笑了。

成親低下頭、握緊拳頭，壓抑快顫抖起來的聲音。

——我清楚看見，那個男人、那個綱基笑了……

但是，成親什麼也不能做。即使想做、即使有那樣的心意，也不能做。

晴明甩甩頭，心想「後悔」這種東西，還真是「事後」才會湧現呢。

「藤原綱基，那次和這次的主謀都是你嗎……」

晴明的低喃被風嘯聲掩沒了。

同時，青龍放出來的神氣漩渦，也把野獸連同地表一起捲了起來。

◇　◇　◇

「唔……！」

閉著眼睛的男人，身體被什麼彈飛出去，滾落在後方。男人爬起來，眼中布滿了血絲。

「怎麼會這樣……」

竟然把他的法術反彈回來，擊潰了野獸。

「到底是誰做的……」

他慌忙命令剩下的妖獸們回來。

「千萬不能被跟蹤，一定要甩掉對方！」

旁邊的妖獸擔心地看著臉色發白的男人。

男人看著小孩子。

那幾個來歷不明的人，可以把自己的法術反彈回來，可見是功力高強的術士以及他的手下。

擁有那樣的力量，很可能循著野獸的足跡，追到這裡來。該怎麼辦呢？乾脆捨棄那些妖獸，自己也離開這裡，才是上上策吧？

旁邊的妖獸不知道是不是察覺男人的想法，齜牙咧嘴地低聲咆哮起來。男人慌忙安撫它說：

「啊，我知道，我不會丟下你的孩子們不管。可是，這樣下去我們會有危險，乾脆……」

男人的眼睛閃爍著狠毒的光芒，心想殺了小孩，用他的血來矇混，說不定他們可以安全地逃走。

「利用這個小孩吧……？」

聽到男人這句話，一直屏住氣息躲在梁上的身影顫抖起來。

那是把這間荒廢的宅院當成巢穴之一的魑鳥。
「怎……怎麼辦……這樣下去小孩子會……」
睡懶覺睡到太陽下山，是魑鳥每天的日課。原本是打算在夜深起床，再去同伴那裡。
它在梁上悄悄前進，走向屋頂的破洞。它小心再小心，以免發出聲音，還不時停下來，偷偷往下看。
人類男人和野獸都俯視著小孩。小孩動也不動。對小孩來說，不知道害怕或許也是一種幸運。
「要趕快通知誰，不然小孩子會……」
忽然，魑鳥眨了眨眼睛。
「小孩子……？」
昨晚是不是聽過這樣的話呢？
——小少爺被……！
魑鳥把沒有眼珠的眼睛睜得斗大，差點叫出聲來。
「……！」
它趕緊用翅膀摀住了嘴巴。
對動靜很敏感的妖獸，猛然抬起頭，環視周遭一圈。
魑鳥從空氣的震動察覺到妖獸的動作，在心裡不停地念著我是石頭、我是飾品，屏住氣息熬過去。
神啊、佛啊，即便我是個小妖，也請看在我這麼拚命的分上，展現祢的氣度，實現我的願望吧！展現祢的氣度吧！
儘管祈禱不是小妖該做的事，魑鳥還是向神佛祈禱了。
也不知道是不是魑鳥的虔誠祈禱實現了，妖獸又把視線轉回到小孩身上，沒有再往天花板看。
好不容易撿回一條命的魑鳥，悄悄地、悄悄地走在梁上，一走到屋頂的破洞，就無聲無息地飛上了夕陽映照的天空。
它一面啪啲啪啲拍著翅膀，一面嚶嚶啜泣。
「那個孩子難道是、難道是笙說的小少爺？」
不，不是「難道是」，是「一定是」。那孩子只穿著一件白色單衣，看起來像是棉睡衣。
昨晚付喪笙和晴明的孫子昌浩等人離開後，魑鳥等小妖們從與源家附喪神往來密切的小妖聽說了事情的經過。
這時所有小妖才明白，為什麼笙會那麼慌亂。於是在散會前，它們彼此發誓如果找到什麼線索，一定要告訴笙。
「我必須告訴笙！」
魑鳥飛在還有陽光時很少飛的天空，奔向源家宅院。魑鳥的眼睛畏光，所以它細瞇起眼睛，飛得搖搖晃晃。

「唔，好刺眼……」

夕陽扎刺著眼睛，痛得魑鳥撲簌撲簌落淚。但是，它不能輸給這樣的疼痛。

「笙大人、笙大人……」

「魑鳥大人。」

「對，那是笙大人的聲音……咦？」

魑鳥往下一看，付喪笙不就在夕陽照耀的小路上對自己揮著手嗎？它趕緊啪唦啪唦飛下來。

「笙大人，你來得正是時候！」

笙驚訝地歪著身子，對聲淚俱下的魑鳥說：

「怎麼了？魑鳥大人。」

「笙大人，你家的小少爺……」

眉頭蒙上陰霾的笙，用低沉的聲音說：

「是的……小少爺還下落不明，我坐立難安，所以出來到處找……」

因為是躲在陰影裡前進，以免被人類看到，所以沒辦法走太遠。而且，昌浩所說的「小少爺還活著、平安無事」，是唯一的依據，沒有其他線索了。

「關於那個小少爺，笙，那個一定就是小少爺。」

眼睛痛到不停落淚的魑鳥說完後，笙倒抽了一口氣。

「咦?!烏大人，你說什麼……！」

被青龍和白虎攻擊的妖獸們落荒而逃。白虎追到一半時，妖獸似乎鑽進了土裡，妖氣突然中斷了。

即使沒鑽進土裡，速度也太快了。就在晴明追逐它們的蹤跡時，它們已經跑到追不到的地方了。

「啐，跑掉了……！」

青龍懊惱地叫嚷，在他旁邊的晴明抬頭看著天空。

「晴明？」

晴明轉身面向疑惑的白虎，把手指向了天空——逐漸轉為紫色的天空。晴明指的地方，是那片天空的天際。

「今晚有皇上主辦的賞月宴會，主要的殿上人會齊聚一堂。」

晴明也被邀請了。

他覺得貴族聚集的場合很麻煩，原本不想去，但現在狀況不同了。

「直接與綱基見面，讓他招供吧？」

「既然這樣，」青龍轉過身說：「就沒必要留在這裡了，回去吧，白虎。」

這時候，幾乎聽不見的聲音傳入晴明耳裡。

『這位大人，那些壞人不會再來這裡了嗎？』

晴明不由得停下腳步，四處張望。

「是誰……？」

『這裡、我在這裡，我在倉庫後面。』

青龍與白虎面面相覷。

「好像是木魂神……」

「啊，是那棵吧？」

倉庫後面聳立著一棵大樹，比周遭樹木都高大。

木魂神也算是神，所以晴明為了盡到禮數，特別繞到倉庫後面。

『啊，你……總不會是那個名聞遐邇的安倍晴明吧？』

「是的，我就是安倍晴明，有什麼指教嗎？」

大樹吵嘩吵嘩搖動樹枝。

『剛才那些壞蛋還在這裡，把山裡的生物都嚇得直打哆嗦，你可以想想辦法趕走它們嗎？』

聽到這句話，青龍眉間的皺紋更深了。白虎默不作聲，交互看著同袍和主人。

晴明點點頭說：

「知道了，我會想辦法。」

「晴明！」

青龍兇悍地大吼，晴明滿不在乎地當成耳邊風，微笑著說：

「我會讓那些壞蛋從今晚以後不再出現，這樣可以嗎？木魂神。」
大樹搖晃樹枝。
『啊，太好了，謝謝你，安倍晴明。』
木魂神真的安心了。
『山裡很多生物都被那些壞蛋殺死了，希望那個小傢伙沒事……』
晴明眨了眨眼睛。
「小傢伙？」
『是身體圓滾滾、長著一隻角的小妖，不知道為什麼被帶來這裡，非常苦惱。我就幫它逃出了倉庫，不知道它是不是平安回去了……』
「你是說它啊，它沒事，就是那小子告訴了我，我才會來這裡。」
聽到晴明的回答，木魂神似乎鬆了一口氣，唦唦搖晃樹枝。
『那麼，晴明，萬事拜託了……』
晴明行個禮，轉身離去。
白虎的風包住晴明和青龍，飛上了天空。
應該快到酉時了吧。雖然已經春天了，白天還是很短。
被染紅的天空，顏色就跟小怪的眼眸一模一樣。
晴明想起昌浩說的話，淡淡一笑。這時，青龍毫不掩飾不悅的吼叫聲，貫穿了他的耳朵。

「晴明！」
「怎麼了？宵藍。」
「聽著，你要馬上回家，不可以繞到任何地方，知道嗎？」
晴明聳聳肩說：
「我要去找真純，這件事非常緊急。」
青龍豎起了眉毛。
「你以為我們十二神將的存在是為了什麼？」
晴明眨眨眼睛，回頭看著青龍。
「你不是說找小妖很無聊，要拋棄它們嗎？」
「不要把找人跟找小妖混為一談！」
「同樣都是受小妖之託啊。也好，既然你肯去，就讓你去找吧。」
青龍狠狠瞪著把手擺在後腦勺的晴明，對白虎說：
「白虎，我們從這裡分開行動，我去找妖怪和源真純，放我下去。」
「知道了。」
風纏繞著青龍，徐徐下降。
白虎邊目送他離去，邊跟主人交談。
「晴明……」
「嗯？」

目送青龍離去的晴明，把視線拉回來。白虎半張著眼睛說：

「是你做了通盤的算計，引導青龍說出了那樣的話吧？」

晴明聳聳肩說：

「你太高估我啦，白虎，這次只是順其自然、順其自然。」

「是嗎……」

靠「順其自然」來左右青龍，太厲害了。

「那麼，該回家啦，晴明。」

「是啊，要回家準備參加宴會……」

晴明的話還沒說完，就被叫喚聲打斷了。

「晴明──！」

晴明和白虎都瞪大眼睛望向北方天空。

有個身影以驚人的速度從京城上空飛下來。

「太陰……？」

白虎訝異地皺起了眉頭。太陰漸漸逼近他眼前，緊急煞住，綁在頭頂上的頭髮劇烈晃動。

「你不在家裡，害我到處找你呢，晴明！」

太陰氣得差點撲上來，晴明舉起手安撫她，歪著頭說：

「發生什麼事了？」

太陰的臉糾結起來。

「貴船的祭神叫你去一趟……」

晴明大吃一驚，啞然失言。太陰轉過頭，望向聳立在北方的靈峰。

循著她的視線望過去的晴明和白虎，清楚看見貴船山的上空，有個凡人看不見的身影。

晴明半啞然地低喃：

「高龗神找我有什麼事呢……？」

◇　◇　◇

在陰陽寮的陰陽部被雜務追著跑的昌浩，受一名官吏之託，去送信件。

收件人在天文部。

坐在昌浩肩上盯著信件的小怪，點個頭說：

「喲，是寫給吉昌啊？」

「嗯。」

昌浩的父親安倍吉昌是天文博士，在觀星和預言方面頗獲肯定。這是私人信件而不是公文，所以內容應該是有事要拜託父親。

「把信送到，差不多就可以回家了吧？」

他在大腦裡做確認，把可以明天再做的事挑出來。
走進天文部，看到意想不到的人聚在一起，昌浩不由得停下了腳步。
「喲，昌浩大人。」
笑得很燦爛的是藤原行成，在他旁邊的是昌浩的二哥。
「怎麼了？昌浩，你難得來這裡呢。」
「哥哥……你在也就罷了，怎麼連行成大人都在這裡呢？」
二哥昌親是天文生，所以，理所當然會在天文部。
「怎麼了？昌浩，有什麼事嗎？」
被吉昌一問，昌浩才想起自己來做什麼，把信遞上去。
「我送這封信來給父親。」
「哦。」
接過信的吉昌在確認內容時，昌親和行成叫昌浩在他們前面坐下來。
「怎麼了？行成大人，你不是應該去參加宴會嗎？」
「對啊，所以為了謹慎起見，我來請教吉昌大人今晚的天氣狀況。」
「哦，原來是這樣。」
表示了解的昌浩，忽然想起什麼，對行成說：
「呃，行成大人……」
「嗯？」

行成和昌親都看著他。小怪的眼眸微微閃過亮光。
昌浩遲疑了一下，又接著往下說：
「方便的話，可以告訴我關於敏次大人的哥哥的事嗎？」

酉之刻

行成似乎沒預料到昌浩會提起這種事。

「昌浩大人，關於敏次的哥哥的事，你到底是聽誰說的……」說到這裡，行成微微浮現苦笑，說：「對了……他跟成親大人是好朋友吧？」

「是的。」昌浩點點頭，又補充說：「真的方便說再說，沒關係……」

行成輕輕揮手，瞇起眼睛說：

「沒什麼，我只是有點驚訝，因為今天早上才剛跟敏次談過這件事。」

昌浩微微張大了眼睛。

早上剛到陰陽寮時，看到敏次正在跟行成交談。所以，應該就是那時候。

然後，他想起出現在敏次臉上的面相。

那應該不是不好的面相，但究竟意味著什麼呢？

思考中的昌浩，腦中突然浮現表情扭曲的敏次的模樣——握緊拳頭，肩膀顫抖的模樣。

小怪發現昌浩的神色不對，疑惑地看著他。

「昌浩？」

它叫昌浩一聲，用白色尾巴拍打他的膝蓋。

昌浩猛然回過神來，眨了眨眼睛。

行成和昌親、吉昌，都有點擔憂地看著心不在焉的昌浩。

「昌浩大人？」

看到行成不解地歪著頭，昌浩慌忙謝罪。

「對不起，我在想一些事……」

行成看到他那樣子，把眉頭一皺，壓低嗓音說：

「是不是有什麼事？」

語氣聽起來特別凝重，所以昌浩不禁張大眼睛盯著行成。

向來柔和的行成的表情，不尋常地緊繃起來。

「啊……沒啦，就是……」

昌浩欲言又止，昌親猛然把手伸到他前面說：

「等等。」

在驚訝的昌浩面前，昌親平靜地提議說：

「行成大人，這裡隨時有人會進來，我們還是換個地方比較好吧……尤其是要談關於康史大人的事。」

昌浩和小怪的視線，都集中在昌親身上。表情溫和的二哥昌親，對弟弟淡淡一笑。

「我也見過康史大人很多次啊，都是被大哥拖去的。」

不過，僅止於相互問候的程度，並沒有特別深談過。

即便如此，昌親還是清楚記得藤原康史這個男人。

昌親轉向吉昌說：

「博士，失陪一下。」

因為這裡是職場，所以昌親對父親吉昌是行上司的禮儀。這個安倍家的次子，比起長子、三子，腦筋稍微硬了一點。

「啊，已經到結束的時間了，你們直接回家吧。」

「咦，可以嗎？」

昌浩不由得叫出聲來，吉昌沉穩地點個頭說：

「我們也收到命令要參加今晚的宴會，所以，值夜班之外的人待太久，也會造成陰陽頭、陰陽助的困擾。」

原來如此，說得也是。

「那就恭敬不如從命了。」

昌親行個禮，站起身來。

「那麼，吉昌大人，稍後見了。」行成說。

吉昌對他點個頭，又看一次昌浩交給他的信，小心地折起來。

信不是寫給天文博士，而是寫給安倍吉昌個人，委託他替前幾天出生的兒子占卜未來。

吉昌的占卜術雖然不及晴明，但也有一定的評價。

天下的父母都一樣。替孩子占卜，若出現厄卦，就施行消除厄卦的法術，若出現好卦，就祈禱好卦會更好。

吉昌看著兒子們離去的背影，回想起往事。

九年前藤原康史猝死，跟他是好朋友的兒子成親非常沮喪。父親晴明看到孫子那個樣子，喃喃說了一句話。

——我這雙手只能保護少數幾個人。

晴明應該知道什麼，但假裝不知道。

吉昌並不想責備這樣的父親。他自己若處於相同的狀況，也會做出跟晴明同樣的選擇。

自己不是萬能，沒辦法扛起所有的事。光應付上門求助的人就來不及了。即便察覺什麼、發現徵兆，只要不會牽連到皇族、家人，除非事情重大，否則他絕不會主動介入。

晴明、吉昌、成親、昌親都知道如何放手。

「力不從心的懊惱，永遠也不會消失呢。」

吉昌喃喃自語，深深嘆息。

走出天文部，來到面對庭院的外廊時，太陽已經完全下山，西邊天空殘留著紅色餘暉。月亮還沒出來。酉時過半後，應該就能看到滿月。還要稍等一下。

現在是收工的時間，結束工作的地下人，都神情愉快地踏上了歸途。

昌浩邊斜眼看著他們，邊等待行成開口。

坐在昌浩肩上的小怪，表情也非常嚴肅。站在旁邊的昌親，看著小怪的背部，悄悄做著深呼吸，讓心情冷靜下來。

小怪的原貌是騰蛇，很可怕。但是，前幾天，兄弟和神將們救了他的女兒。那時候，他發覺騰蛇漸漸改變了。

然而，想到小小的白色異形是騰蛇的化身，胸口還是會緊縮起來，可見人的意識沒有那麼容易改變。

「昌浩大人，你為什麼突然想知道康史的事？」

昌浩思索著該如何回答行成這個問題。要從哪裡說起才好呢？

被神隱的源真純。與源真純的父親繁起爭執的綱基。綱基的侄子文枝在雅樂寮工作。文枝最拿手的是笙。在雅樂寮，居首席的笙笛師是繁。

棲宿在源家宅院的付喪神們，聽見繁的悲痛嘶喊。

——竟然做出這樣的事……他就這麼、這麼……！

綱基做了什麼？企圖做什麼？要為誰做什麼？

棋子都齊了。把這些棋子統統放在線上，就能看出端倪。

但是，再怎麼樣都脫離不了「猜測」的範圍。

猶豫不決的昌浩，最後只能把自己知道的事統統說出來。

「我看到源繁大人與藤原綱基大人在雅樂寮吵架，當時成親大哥跟我在一起，就告訴了我康史大人的事……」

昌浩說到這裡時，行成的臉色驟變。

臉色發白的行成逼問昌浩：

「為什麼會在那時候提起康史這個名字？昌浩大人，成親大人為什麼會提起康史的名字……！」

行成伸出手，抓住小怪坐在上面的昌浩的肩膀。及時跳開的小怪，翩然著地後，詫異地皺起了眉頭。

「行成？幹嘛突然這樣……」

小怪說的話，行成當然聽不見。昌親介入替它說：

「行成大人，你怎麼了？」

昌浩嚇得說不出話來，昌親把行成的手輕輕從他肩上移開。行成被昌親這麼一問，才驚覺失態，嘆了一口氣。

「啊，對不起……我想成親大人對綱基大人應該有所了解吧。」

行成想說什麼，昌浩和小怪都能清楚理解。他們瞄一眼昌親，看到他也露出了諒解的神情。

「九年前……康史隸屬於內藏寮，上面的人都稱讚他機靈、工作認真勤快，非常看重他。」

昌浩細瞇起眼睛，心想跟現在的敏次很像。不愧是兄弟，這種本質非常相似。

可能是想起當年的事，行成浮現淡淡的微笑。

「可是，他說他在大家看不見的地方也會偷懶呢。我跟康史年紀相仿，所以經常會聊到彼此正在做什麼工作。」

說到這裡，行成看看昌親再看看昌浩。

「康史說不定有些地方很像成親大人。」

「像哥哥…？」

昌浩瞪大了眼睛。行成對他點點頭，遙望著某處說：

「外表長相當然不一樣。但是，他們的性格、散發出來的氛圍等等，就是給人相似的感覺。」

行成知道。

有時在陰陽寮的一隅，看見安倍三兄弟聚在一起時，敏次的眼睛總是會泛起一點點難以言喻的淒涼。

這時候的他，會以難以形容的眼神，看著昌浩露出自己再也不可能有的「弟弟」的表情。

敏次自己可能沒有自覺吧。當他發現湊巧經過的行成，不知道該如何招呼他而呆呆杵在那裡時，就會趕快露出笑容，抹去那個表情。

應該沒有其他人知道吧？恐怕敏次自己也沒有察覺，那是對再也得不到的東西的悲情憧憬。

「啊……對不起，偏離主題了。」

行成甩甩頭道歉，昌浩和昌親無言以對。連平時對敏次總是不掩飾敵意的小怪，都露出了複雜的表情，默默抓著脖子一帶。

「九年前，藤原家的兒子跟康史一樣進入了內藏寮……就是綱基的兒子。」

小怪的動作突然靜止了，搖晃著長長的耳朵，把夕陽色的眼眸緩緩轉向行成的臉。帶著厲色的眼眸閃閃發光。

從建築物流洩出來的光線，在行成臉上形成了陰影。

「他比康史小兩歲。自從他入寮後，康史的狀況就越來越奇怪。」

他的臉色一天比一天差，經常露出沉思的表情。

但是，再怎麼逼問他發生了什麼事，他都是支吾其詞不肯回答。

「康史去世沒多久後，我就聽說原本由他負責的工作，全部都被轉移給綱基的兒子了。」

內藏寮的主要工作，是管理收藏宮中寶物及皇上裝束的倉庫，責任重大。只要當上內藏寮的什麼官，俸祿就會暴增。

「綱基大人曾經很驕傲地說，他的兒子將來可能會當上價長[4]，掌管市場交易買賣。」

稍作停頓的行成，發出沉重的嘆息聲。

「但是，那之後，在某次的宴席上，有權勢的長官、次官透露，他們正在考慮的未來的價長人選是……」

行成只說到這裡，後面是昌浩用力從喉嚨擠出來的名字。

4.價長為內藏寮的官職。

「康史大人……」

不用力就發不出聲音來。

昌浩握起了拳頭。

成親說過，綱基好像雇用了通曉妖道的術士。

在內藏寮受到重視的康史，某天在被褥裡變成了冰冷的屍體，綱基的兒子就取代了他的位子。

「行成大人，也就是說……」

昌親的臉都白了。

行成無力地搖搖頭，露出斷念的笑容。

「但是，沒有任何證據。」

昌浩的心臟狂跳起來。

——我不是說過嗎？沒有確鑿的證據。

這麼說的成親，也是露出封鎖一切的眼神，平靜地笑著。

「這些都是臆測。所以，沒有人可以制裁綱基大人。他好歹也是藤原一門的貴族，光靠臆測動不了他。」

昌浩閉上了眼睛。

成親也說過同樣的話。對方是殿上人，所以上面的人不會因為身為地下人的成親有所懷疑，就採取行動。

然而，身為殿上人的行成，即使有所懷疑，沒有確鑿的證據也一樣沒用。

恐怕還有其他同樣成為犧牲者的人，只是行成不知道而已。

至今以來，藤原綱基為了累積財產、取得地位，不知道犧牲了多少人。一定是所有人都這麼懷疑，但沒有人可以追查。

看到昌浩一直低著頭，滿臉擔憂的昌親叫了他一聲。

「昌浩？」

在昌浩腳下動也不動的小怪，沒有助跑就直接跳上了他的肩上，用長尾巴拍拍他的背。昌浩張開眼睛，只把視線轉向它。

因為有行成在，他不能對小怪說什麼。

但是，小怪非常明白他要說什麼。

看到小怪默默點頭、甩甩耳朵，昌浩抬起了頭。

交互看看滿臉擔憂的昌親與行成後，昌浩毅然開口說：

「行成大人、哥哥，老實說，源繁大人的兒子真純少爺，昨晚被神隱，現在下落不明。」

「你說什麼？」

「昌浩大人，你怎麼會知道？」

「說來話長……是小妖們來拜託我去找他。」

昌親聽到這樣就明白了，行成雖然露出半信半疑的表情，但也認為昌浩不會說謊。

「呃，我不是很明白，意思是有妖怪來通知你嗎？」

「是的，您就當成是那樣。」

坐在昌浩肩上的小怪插嘴說：

「必須在宴會開始前解決這件事，昌浩。」

昌浩輕輕點個頭，對行成說：

「行成大人，請您監視綱基大人和源大人的行動。如果我的直覺正確，綱基大人會為了侄子文枝大人，去威脅源大人。」

行成和昌親的表情都變得很緊張。

會怎麼威脅，不用說他們也知道。

「神隱的犯人是綱基大人……？」

「我猜十之八九是他。」昌浩轉過身說：「我要在宴會之前找到真純少爺，哥哥、行成大人，這裡就拜託你們了。」

還沒等他們應聲，昌浩就跑走了。行成邊目送他離去，邊用手掌掩住了布滿苦澀的臉。

跟九年前一樣，又有人要犧牲了。

昌親假裝不知道。

半晌後，行成抑鬱地說：

「這次一定要把他拖出來接受制裁。」

昌親沒問要把誰拖出來，因為沒必要問。

◇　◇　◇

魑鳥飛在正上方帶路，付喪笙嘎答嘎答搖晃著身軀，奮力奔馳。

「魑鳥，還沒到嗎？」

「快到了，笙大人，加油！」

「好！」

笙從剛才就拚命在跑。然而，在天空飛的魑鳥的「快到了」，跟用長在笙笛上的短腳奔跑的笙的「快到了」，感覺差很多。

「小少爺、小少爺，你一定……」

一定要平安無事。

魑鳥說笙最疼愛、最疼愛的小少爺，被可怕的術士和野獸囚禁在荒廢的宅院裡。

而且，再不去救他，他就會有生命危險。

笙忍不住大叫：

「孫子，你在幹什麼……！」

你不是說要救小少爺嗎？你不是答應要救他嗎？

現在小少爺那麼危險，你卻說你要去工作，馬上就離開了。

太沒有責任感了。既然答應了，就該拋開一切，不惜粉身碎骨、誠心誠意地投入，不是嗎？一天、兩天不去工作，也不會怎麼樣吧？

「小少爺的命，比孫子的仕途更、更重要啊……！」

因為笙發過誓。

在那雙小手第一次握住自己的那一天，它發過誓。

「對、對了，魑鳥大人！」

笙想到什麼，突然停下來，慌張地大叫。

飛在稍前方的魑鳥，迴轉回來，啪吵啪吵拍著翅膀飛在笙旁邊。笙指著皇宮的方向，對魑鳥說：

「去、去通知孫子！即便是孫子、即便是那個晴明的孫子，不知道地點也沒辦法趕來！」

「咦?!可是，笙大人，你一個人……」

想到術士和妖怪，魑鳥就全身發抖。

笙的身體顫抖起來。沒錯，光靠自己，力量也太薄弱了。如果心有餘而力不足，即使衝過去也救不了小少爺。

笙懊惱到身體都快散掉了，不知道該怎麼辦才好。

這時候，有東西映入笙的視野裡。

在夜色已深的黑暗中、在等距間隔栽種的柳樹間。

「放心，我不是一個人。你看，那邊……」

魑鳥往笙所指的方向望過去，黑色眼睛亮了起來。

「啊，舞方大人、蜘蛛老爹！還有大家……！」

連猿鬼、龍鬼、昨晚不見蹤影的獨角鬼、車之輔都來了。

看到魑鳥和笙走過來，車之輔轉向其他人，嘎噠嘎噠搖晃車體。

有成人男性那麼高的巨大螳螂，大步走到前面，揮起了前臂。

「吱—喳、吱—喳。」

譯：魑鳥大人、笙大人。

笙邊跑向同伴們，邊又指著皇宮的方向說：

「魑鳥大人、車大人，請你們一起去找孫子！然後，把孫子帶到小少爺現在所在的荒廢宅院。」

「知道了。」魑鳥點點頭，加快了速度說：「車大人，請跟我一起來！」

被催促的車之輔，莫名其妙地跟在魑鳥後面跑了起來。

就在它們離開時，笙剛好跑到同伴那裡。它沒有減速，對著同伴大叫：

「各位，拜託，請跟我來！」

「喔，怎麼了？阿笙！」

與笙並排的蜘蛛吵吵作響地跑了起來，猿鬼、龍鬼、獨角鬼跟在它後面。

「要去哪？」

「對了！笙，你聽我說嘛，我真是倒楣透了！」

獨角鬼連翻帶滾追上來，笙看著它說：

「等一下你要說多久都行！現在最重要的是小少爺的命，各位，請助我一臂之力！」

由付喪笙帶頭，無數的小妖向前奔馳。

剛好經過的十二神將青龍，看到了這排畸形的百鬼夜行。

「咦，小妖們要去哪裡？」

打頭陣的笙笛，就是源繁家那個付喪神。

拜託大家尋找小少爺的付喪神，目不轉睛地往前跑，究竟要去哪裡？

跟丟了逃之夭夭的野獸，追蹤微弱的妖氣殘渣來到這裡的青龍，發現小妖們前進的方向跟自己一樣。

「啐……」

他咂咂舌，跟在小妖們的後面跑。

◇　◇　◇

從皇宮出來的昌浩，匆匆趕回家，邊走向自己的房間，邊摘下烏紗帽，解開了髮髻。

一隻手當梳子隨意梳幾下頭髮，另一隻手推開了木門。

他邊走進房間邊脫掉直衣，隨手扔出去，再從唐櫃拖出可以融入黑暗的深藏青色狩衣。下面還是穿著狩褲，只要換上衣就行了。

「昌浩，回來了啊？」

探頭進來的彰子，看到昌浩急著換衣服，訝異地張大了眼睛。

「怎麼了？你好像很急呢……」

「啊，彰子，我回來了。」

只有在這時候，他稍微停下來，轉頭看了彰子一眼。然後又急匆匆地走來走去，作外出的準備。

彰子看到被隨手亂扔的直衣，就在旁邊跪下來，把手伸了過去。

正在做準備的昌浩，忽然想到什麼，轉過頭去，看到彰子幫他把直衣折得整整齊齊，覺得很不好意思。

「啊，對不起……不對，是謝謝妳。」

「不會。你要外出嗎？最好先吃點什麼。」

昌浩笑著對擔心的彰子說沒關係。

「我想今天應該不會太晚回來……可能子時就能回來了。」

「那也還很久啊……對了，等我一下。」

想到什麼的彰子快步跑走了。

目送她離去的昌浩，把頭髮紮在脖子後面、備好符咒、戴上了護手套。沒時間了。

「昌浩！」

聽到叫聲，昌浩回過頭，看到彰子又跑回來，手上拿著一個紙包。

「給你。」

打開紙包，裡面是胡桃。

「我想胡桃有營養，也能稍微填飽肚子。」

在室內一角默默看著他們的小怪，探頭看一眼彰子手裡的東西。

「啊，這不錯呢。喂，六合。」

隱形的六合現身了。

「幹嘛？」

「幫忙劈開。」

六合拿起黑色爪子所指的胡桃，輕而易舉地劈開了。共有五顆胡桃。非常大的胡桃裡，塞著滿滿的果實。

「謝謝你，六合。」

「不會。」

彰子開心地笑了起來，六合短短回應她後，忽然眨眨眼睛，轉過頭去。

「六合？」

六合對訝異的小怪使個眼色就隱形不見了。

小怪微歪著頭感到疑惑，但心想出門時他應該會回來，又轉向昌浩說：

「你就吃吧。」

「嗯，那麼，我吃了，彰子。」

「嗯，請用。」

吃東西的時候要規規矩矩地坐下來。

從相對而坐的彰子手中拿起胡桃咬一口，特有的味道就在嘴裡散開了。

香氣十足，美味可口。原以為沒那麼餓，吃了才知道真的餓了。

昌浩默默吃著胡桃，彰子帶著微笑看著他吃。注視著他們兩人的小怪，耳朵抖動了一下。

「嗯……？」

從遠處傳來嘎啦嘎啦聲響。

小怪甩甩耳朵。

「那是……車之輔？」

勾陣在倚靠著憑几的晴明旁邊，靠著柱子、合抱雙臂、閉目養神。

發覺有同袍的神氣在附近降落，她悄然張開了眼睛。

「六合啊……」

現身的六合看到動也不動的老人、鮮少來人界的同袍，顯得有些驚訝，微微張大了眼睛。

「晴明去哪了？」

他一眼就看出魂魄不在老人體內。

「他受小妖之託出去了，我負責看守。」

青龍和白虎陪晴明出去，所以勾陣主動接下了久違的保護軀殼的工作。

「太陰回來過一次，又出去找晴明了，她說貴船的祭神要找我們主人。」

六合皺起了眉頭。

「高龗神嗎？……咦？」

六合與勾陣同時聽見逐漸靠近的嘎啦嘎啦車輪聲。

「是車之輔？……高龗神找晴明到底有什麼事？」

「誰知道，那個神本來就很隨興。」

就在勾陣拱起肩膀的瞬間，響起了高分貝的叫喊聲。

「晴明的孫子——！」

緊接著，響起不輸給叫喊聲的怒吼聲。

「不要叫我孫子——！」

六合與勾陣眨了眨眼睛。

感覺另一棟房子盡頭的某個房間的木門被用力推開，昌浩從那裡衝到了外廊。

六合轉過身去。

「晴明拜託妳了。」

「交給我吧。」

勾陣舉起一隻手回應，同袍的身影就猝然消失了。

她嘆口氣站起來，打開木門，望向東方天空。

月亮剛升上了天際。

「今晚是滿月啊？」

晴明出門前說了一句話。

——在月亮的陰影裡，說不定有個邂逅。

「那是怎麼樣的邂逅呢？晴明啊……」

戌之刻

它感覺迷迷糊糊，好像從睡眠中醒來，不由得張開了眼睛。
令它驚訝的是「張開眼睛」這件事。
「我有眼睛……？」
聽見驚訝的叫聲也令它驚訝；能發出聲音也令它驚訝。
手摸到眼睛的觸感也令它驚訝；有手有腳也令它驚訝。
它一次又一次猛眨眼睛，茫然不知所措時，聽到嚴肅的聲音。
「你也有了生命啊？」
它戰戰兢兢地轉過頭去，看到絹布臉、頭髮及肩的娃娃，以及古色古香的琵琶，都注視著自己。
「呃、呃……」
它努力思索著該說些什麼，就聽到含著笑的沙啞聲音說：
「不用擔心，剛開始都會驚慌失措。」
「但這絕對不是什麼不好的事，比什麼都好。」
絹布的臉忽地轉向了有窗櫺的窗戶。
從那裡照進來的光線，雖比不上白天的亮度，但是，是非常、非常溫暖的橙色。
「新年的宴會也差不多快結束了……咦？」
忽然，絹布的臉皺起了眉頭，琵琶倏地移動，在墊子上躺下來。
同一時間，在黑暗中的所有東西，都悄然無聲地移動，瞬間安靜下來。

不知道發生什麼事，依然驚慌失措的它，聽到有聲音對它說：

「安靜，不要動，現在有人……」

就在這句話中斷的瞬間，傳來小小的腳步聲，木門就被用力推開了。

「父親、父親，快點！」

催促的聲音感覺很熟悉。

它認得這個聲音。明明沒有聽過，它卻認得。

「欸、欸，不要太興奮，掉到地上了哦。」

「我知道，快點嘛。」

停在木門那裡的小小身影，似乎開心得不得了，迫不及待地往裡面瞧。

當一個大大的身影出現時，小小身影東張西望的視線落在某一點上。

「啊！」

小孩發出雀躍的叫聲就往前跑，直接跑到了它的旁邊。

咦？咦？

它搞不清楚狀況，但被囑咐不要亂動，所以只能乖乖遵守，把手和腳都縮進去，動也不敢動一下。

有雙小手拿起了這樣的它。

「是這個吧？父親。」

被拿在手上的它，悄悄往上看。因為有光線從外面照進來，所以隱約可以看到一

張稚嫩的臉。

小孩高高舉起它，開心地笑著。

「這就是父親第一次練習時用的笙笛吧？」

笙笛。

原本搞不清楚自己是什麼的它，聽到這個名字，才想起自己是笙笛。

啊，對了，我是笙笛，長期以來在這棟宅院備受呵護。

那個大人是以前第一個吹奏我的小孩。

而現在這個小孩……

長得很像以前那個孩子。真的很像。儘管已經長大成人，只留下一點點小時候的影子，但那個大人體內還存在著那個孩子。

「父親，您答應過我哦，等我六歲時，就把這支笙笛送給我。」

「嗯，是啊。」

小孩子挺起胸膛說：

「我今天六歲了，以前您說我的手還太小，握不穩，所以不行，現在有變大一點了呢。」

小孩子說「你看」，把手伸出來。大人細瞇起眼睛，接過小孩子的手。

「真的呢……不過，還是太小，握不住笙。」

「可、可是，很快就會長大了。」

嗯、嗯，沒錯。

在小孩子手裡的笙回想起往事。

小孩子的小手的確握不住這枝笙的軀體，那孩子當時也是，但還是很認真地不斷練習。

這裡是以雅樂維生的貴族宅院，住在這裡的許多樂器，都被呵護備至，某天就有了生命。

它也終於躋身那個行列了。

擁有生命所需的情感，一定是來自這個握著笙的孩子的誠摯的心。

「你認真練習，我就把這枝笙送給你。」

「會，我會認真練習，將來吹出跟父親一樣優美的音色。」

「是嗎？」

大人撫摸著小孩子的頭，笑得樂不可支，笙也喜不自勝。

為了吹出優美音色而認真練習的年幼小少爺啊，
我也會努力鍛鍊自己，
讓自己可以發出與你的技術相稱的聲音。
從今爾後我會持續磨練自己，

然後，某天登上最棒的舞臺，

透過你的手，讓我的聲音悠揚迴盪吧——

◇　◇　◇

昌浩大叫起來，音量不輸給嘎啦嘎啦震響的車輪聲。

「你說找到小少爺了？真的嗎？」

回應的聲音也非常響亮。

「當然是真的！我有什麼理由要對你說謊呢！」小妖魑鳥齜牙咧嘴地讓昌浩閉嘴後，轉向載著他們的妖車車之輔說：「車大人，快趕路！」

魑鳥啪唦掀開前車簾，仰望已經轉黑的夜空。

「希望笙大人與其他小妖能撐得住……」

想起那個可怕的妖怪和人類說的話，魑鳥就全身發抖。

「喂，小妖。」一直保持沉默的小怪終於開口了。「你說抓走小少爺的是一個人和妖怪，你是什麼時候發現的？」

被問的魑鳥瞇起圓圓的黑色眼睛，嗯嗯地沉吟思索。

「呃，我遇見蜘蛛老爹、遇見笙的時候，太陽已經下山了，天空一片紅色，所以……啊，應該是申時過半了。」

「申時……」
昌浩喃喃低語，仰望夜空。
他從月亮升起的高度，以及自己回到家的時間做推測。
「現在應該已經是戌時了。」
聽到昌浩這麼說，小怪的雙眸閃過厲光。
「時間過很久了呢，希望他沒事。」
魑鳥大驚失色。
「你說什麼！」啪唦啪唦拍振翅膀的魑鳥，噙著淚滔滔不絕地說：「我、我可是拚死拚活地來找你們呢，怕你們的腳程不夠快，還特地把車大人也帶來了……」
小妖就快忍不住哭出聲來了，昌浩慌忙安撫它說：
「對不起，我道歉。」
「說來說去都怪孫子啦，明明答應了笙的請求，還悠悠哉哉地去工作，事情才會變成這樣！」
「……」
昌浩的太陽穴篤速速地顫動。
「笙、笙大人說，小少爺的生命比孫子的仕途重要多了，你卻、你卻……！」
「……」
昌浩不禁露出複雜的表情，不說話了。

小怪甩一下尾巴說：

「小妖的請求與昌浩的仕途不能相提並論吧？」

「重要的不是請求，而是小少爺的生命！」

「也是啦，生命的確比較重要，的確是這樣，可是……」

為什麼總覺得無法認同呢？

鵰鳥用翅膀掩住臉，終於在面露不滿的昌浩前面哭了出來。

「我、我發現時，可怕的野獸正盯著小少爺的臉……！那個人攔住了野獸，但不知道能攔到什麼時候，那隻野獸隨時會咬斷小少爺的脖子！」

它是拚了命逃出宅院，遇到笙，才跟車子一起來接昌浩的。它也是因為被笙提醒，才想到了孫子。

「我、我嚇得驚慌失措，在笙叫我來通知孫子之前，老實說，完全沒有想到孫子，對，根本沒想到！」

「這樣啊……」

眼睛半張的昌浩俯視著鵰鳥，低聲嘟囔。

連叫那麼多聲孫子，最後還說根本沒想到他，即便是昌浩也有點火大了。

從他的表情看出怒氣的小怪，趕緊舉起一隻手安撫他說：

「我知道你有很多話要說，但都留到事後再說吧。」

小怪望向車篷，瞇起了眼睛。

「喂，六合。」

『怎麼了？』

「我們去真純所在的荒廢宅院，你去把白虎或太陰找來。」

『白虎或太陰嗎？我是無所謂啦……』

詫異的六合隔了一會才想到小怪的意圖。

『這樣啊，我明白了。』

「拜託你了。」

坐在車篷上的六合的微弱神氣消失了。他已經下車，去追風將們的神氣了。

昌浩抓著車上的木柱，探出身體說：

「賞月宴會快開始了，要加快腳步……」

宴會開始的時間，是在戌時將近亥時的時刻。

必須在那之前把源真純救回來，否則他會沒命。

「快，車之輔。」

聽到昌浩的話，車之輔更加快了速度。

◇　◇　◇

小妖群潛入荒廢已久的宅院的庭院，沿著牆壁從屋頂的大洞溜進了屋內。

幾隻小妖一起擠在梁上，屏住氣息查看下面的狀況。

在主屋，有無數隻妖獸圍繞著睡覺的小孩子。

坐在圓草墊上看著它們的術士，聽見微弱的傾軋聲，環視了周遭一圈。

懾人的目光掃過天花板。超出橫梁外的蜘蛛，急忙把四對腳攏平，躲進陰影裡。

術士掃視天花板好一會後，心想可能是自己多疑了，又把視線拉回到被自己操縱的妖獸上。

屏氣凝神的小妖們，都強忍住身心交瘁的恐懼。

「老、老爹！」

獨角鬼快哭出來了，蜘蛛用一對腳的其中一隻腳邊撫摸它的頭，邊不停地道歉說：

「對、對不起，都怪我的腳太長了。」

「吱喳吱喳吱喳、吱喳喳。吱喳吱喳吱喳吱喳、吱喳喳吱喳、吱喳吱喳吱喳喳。」

譯：不用介意啊，老爹。我也跟你一樣，要躲起來有點困難。

「是、是嗎？謝謝你的安慰。」

「吱喳吱喳、吱喳喳。」

譯：不、不，這絕不是安慰。

「老爹、舞方，安靜點。」

「會被發現啊。」

經猿鬼和龍鬼提醒，老爹和舞方趕緊摀住嘴巴。

付喪神彷彿沒聽見同伴之間這樣的對話，滿臉嚴肅地瞪著術士。

就是那個男人綁走了它最心愛、最心愛的小少爺。

它氣得幾乎全身發抖，但靠意志力忍住了。一點點的咔答聲響，都可能被妖獸們聽見。

三番五次做深呼吸的笙，絞盡腦汁思考。

對方是術士，還帶著被他控制的妖獸。

而它這邊只有猿鬼、龍鬼、獨角鬼，以及蜘蛛老爹、螳螂舞方。數量雖多，但妖力不夠強。說白了，就是力量薄弱。

要衝出去很容易，但不難想像，在救回小少爺之前就會全軍覆沒。

笙握起了小小的拳頭。

「孫子……來的話……」

還有那個白色小怪。

陰陽師對付術士，小怪對付妖獸。

它們幾個小妖就可以趁機把小少爺救出宅院。

靠舞方的翅膀，把小少爺直接帶回源家，想必源大人、夫人和付喪神們都會歡欣鼓舞。

最重要的是，笙自己也想保護小少爺。它想把小少爺帶回家，再看到那張天真的臉露出開朗的笑容。

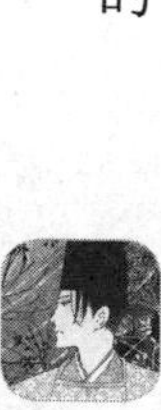

它想看到小少爺用那雙小手握著自己，雖然吹得不好但努力練習的模樣。

它的身體裡的所有音色，都是為了某天讓那個小孩吹奏出來。

它請螳螂舞方聽自己的音色，自己也替它伴奏，就是為了彼此鍛鍊再鍛鍊。

聽說螳螂舞方這麼努力練習，有它的理由，但笙不清楚詳情。舞方大概也不知道笙發過什麼誓，但它們彼此都不介意。

小妖們彼此並不熟。只因為活過漫長的歲月，擁有絕妙的距離感，以及從中衍生出來的信賴感，所以可以融洽地相處。

笙下定了決心。

「各位……」

聽到付喪神輕輕響起的聲音，小妖們全都豎起了耳朵傾聽。因為那個聲音微小而有力，帶著義無反顧的沉重。

「我來當餌，你們趁機救出小少爺。」

猿鬼、龍鬼和獨角鬼差點叫出聲來，蜘蛛和舞方的手及時摀住了它們的嘴巴。

「勝算呢？」蜘蛛嚴肅地問。

「有。」笙回答。

大家都知道它在說謊，孱弱的付喪神怎麼可能贏得了那麼可怕的野獸。

忽然，舞方把臉探了出來。倒三角形的臉，衝著笙平靜地笑著。

「吱喳吱喳。」

譯：笙大人。

「是。」

「吱喳吱喳吱喳、吱喳喳喳喳、吱喳吱喳、吱喳吱喳、吱喳喳。」

譯：今晚是滿月。等所有事解決後，我們也學人類那樣，浪漫地賞月吧？

笙眨了眨眼睛。

「吱喳吱喳吱喳、吱喳喳。」

譯：然後，用我剛學會的舞，和笙大人的音樂，炒熱宴會的氣氛。

笙斜著身子說：

「好……說定了。」

然後，笙骨碌轉過身去，做一個大大的深呼吸。

「喝！」

就在笙一鼓作氣往下跳時，迸出強烈的神氣，把板窗擊碎了。

察覺突如其來的強烈神氣，術士反射性地站起來，馬上結手印。

「唔！」

他築起保護牆，避開了迸射出來的神氣漩渦。同一時間，無數的妖獸發出威嚇的吼叫聲，進入了備戰狀態。

月光照耀的庭院，出現了一個高大的身影。

從揚起的塵土間看到那個身影的猿鬼大叫起來。
「啊，是晴明的式神！」
「而且是最可怕的那個！」
獨角鬼接著大叫。十二神將青龍的臉更臭了，看起來更恐怖。
察覺的小妖們，都嚇得縮成了一團。
青龍緩步走上外廊，往廂房前進。
妖獸們豎起全身的毛，威嚇青龍。但他看也不看妖獸們一眼，瞥向術士和昏睡的小孩。
「找到你啦，源真純。」
青龍完全開放神氣，沒有絲毫的克制，所以，現在可能連一般人都看得見他，也聽得見他的聲音。
更何況在他眼前的男人，是個有靈視能力的術士。
男人臉色發白，卻毫不畏懼地笑著。
「你是什麼東西啊……好強大的力量……如果可以操縱你，我的身價會漲一倍。」
囂張的措詞惹火了青龍。
「少廢話！」
青龍破口大罵，揮出了手臂。正準備撲上來的野獸們，察覺青龍的攻擊，退到了後面。

「啊，式神這個白癡！」

「會傷到小少爺啊，你這個大混蛋！」

「搞清楚狀況嘛──！」

從梁上傳來接二連三的指責，青龍用可怕的眼神狠狠瞪了它們一眼。

小妖們瞬間安靜下來。

青龍把視線拉回到敵人身上，在沉默中思索。

十二神將不能傷害人類、不能殺死人類，這是絕對的天條，不可觸犯。

術士也是人類，攻擊他，會讓他受傷。

對方應該不知道青龍是十二神將，所以不會想到他們必須遵守天條。青龍必須在對方察覺之前分出勝負。

「喝！」

他用神氣擊退撲上來的妖獸，跳向昏睡的小孩。但男人比他快一步，抄走了小孩。

「你的目標是這個小孩？你是誰派來的？從你的力量來看，絕不是一般的妖魔或某人的手下……」

男人說到一半，突然張大了眼睛。

青龍咂咂舌，心想被發現了嗎？

男人的臉扭曲成笑的形狀。

「我知道了，你是安倍晴明的……！」

是追隨安倍晴明的十二神將。是十二名外表神似人類的神的眷族。這些人神龍見首不見尾，但沒見過也知道他們的存在。

「連晴明都出動了，那個男人也玩完了。」

在喉嚨深處竊笑的男人，抱著小孩轉過身來。

「等等！」

術士把小刀抵在小孩子的脖子上，猙獰地笑著說：

「不要過來！再過來，我就割斷這孩子的脖子！」

「唔……！」

術士一聲令下，妖獸們撲向了咬牙切齒的青龍。要擊退它們很容易，但一個不小心就可能害死真純。

另一方面。

付喪笙從橫梁跳下來時，被青龍的神氣彈飛到建築物的盡頭，好不容易才拖著搖搖晃晃的身軀來到了外廊。

「啊，小少爺……！」

就在它尖叫著舉起手的剎那，響起了犀利的叫喊聲：

「縛！」

正要拔腿往前跑的男人停下來，彷彿腳被縫在那個地方了。

「唔?!這是怎麼回事……！」

個子矮小的孩子和白色怪物、小鳥，衝到驚慌失措的男人面前。
怪物的外表瞬間變成高大的軀體，迸出灼熱的鬥氣，吞噬了改變目標撲上來的妖獸們。
被燃燒的火焰燒傷的妖獸，慘叫著滿地打滾。
「這孩子……！是什麼人?!」
「我是陰陽師！」
昌浩怒吼回應。男人要對他施放法術，就把手裡的小孩粗暴地拋出去了。
紅蓮的金色雙眸閃過厲光。
「是源真純？」
照亮黑夜的鮮紅火焰，照出了小孩子蒼白的臉。
抓狂的妖獸嘶吼著撲向了小孩子。
「啊啊——！」
小妖們大驚失色。青龍放出神氣。火蛇從紅蓮手中攀升。昌浩揮出了刀印。
然而，野獸的牙齒的速度更快。
「真純……！」
昌浩腦裡浮現最壞的結果。
但微弱的悲痛聲劃破了那個畫面。
「小少爺……！」

——我發過誓……

在外廊奮力蹬地躍起後，騰空翻滾的笙笛，把身體拋到了真純的前面。

——我已經下定了決心。

妖獸們追上來，露出尖銳的牙齒。

——做不到的話，我就是粉身碎骨也不能瞑目。

所以，

可以使用這個軀體來提供音樂的生命，

比演奏出音色這件事重要。

重要得太多、太多了——

「唔……」

笙被著火的妖獸咬住了。

身體發出啪啦啪啦的清脆聲碎裂了。

「笙……」

昌浩倒抽一口氣。

無數的竹管散落在小孩的小小身體上，彷彿變成這樣也要守護小孩。

「啐！」

瞇起眼睛的紅蓮的火焰，一攫住野獸，就把野獸瞬間燒成了灰。

「笙——！」

從橫梁跳下來的小妖們，哭著跑過來。

吼叫著阻攔小妖的妖獸，被青龍的神氣和紅蓮的鬥氣炸飛了。

小妖們跑過來，把散落一地的許多笙管、笙箍、笙斗一一撿起來。

昌浩緊緊咬住了嘴唇。

「笙……笙……！」

——孫子、孫子，你是陰陽師吧？

沒錯，我是陰陽師，卻……

昌浩等人的注意力都分散了。

術士趁機用渾身力氣結下了手印。

「去……！」

最大隻的妖獸聽到他的聲音，高高跳躍起來，衝向了某個地方。

「糟糕！」

昌浩在半空中畫出五芒星。

「禁！」

這次才徹底封鎖了術士的行動。昌浩瞥一眼筮四分五裂的殘骸，握緊了拳頭。

「喂，你……」甩甩頭不再多想的昌浩詢問術士：「那隻野獸要去哪？」

男人嗤嗤笑著。

「……」

昌浩要逼問他時，被紅蓮抓住了肩膀。

「想也知道。」

「紅蓮？」

紅蓮的金色尖銳眼神射穿了男人。

「是去藤原綱基那裡……封住他的嘴。」

術士勃然變色，表示紅蓮說對了。

「那麼，快趕去皇宮……」

正要轉身時突然想起一件事，昌浩回頭看真純。

眼前是出乎意料的光景。

「青龍？」

抱著真純的青龍正準備離開。
「你怎麼會在這裡？」
青龍瞥一眼驚訝的昌浩，怏怏不樂地開口說：
「是晴明的命令。」
說完就抱著真純飛躍而去了。
「那傢伙怎麼會……」
紅蓮板著臉低聲嘟囔，昌浩抬頭看著他說：
「真純小少爺就交給青龍，我們去追妖獸。」
滿月的宴會即將開始。

亥之刻

在燈臺的燈火光線下抄寫的敏次，呼地喘了一口氣。

「好，全部寫完了。」

為了謹慎起見，他又確認了張數，然後點個頭，伸了個大懶腰。

「嗯～是有點累了。」

剛才響過鐘聲，所以是亥時了。

敏次今天辰時過半就來了，按理說，早就可以回家了。

但是，今天早上作的夢莫名地懸在心上，讓他做完工作也不想回家。所以有同僚必須早退卻做不完的事，他就接下來做了。做得太專心，連時間的流逝都忘了。

「回家吧……」

喃喃自語的敏次忽然垂下了視線。

父親今晚要參加賞月宴會，所以還好，但母親一定會擔心自己這麼晚還沒回家。

自從九年前哥哥去世後，父母開始對敏次過度關心，尤其是在敏次行完元服之禮，進入陰陽寮工作之後。

敏次把疊整齊的文件收進固定位置，不經意地環視寮內，淡淡苦笑起來。

「不可能還有人在吧。」

除了值夜班的人，會留到這麼晚的工作狂，恐怕只有自己了。

皇上主辦的宴會應該快開始了。

抬頭一看，滿月的月光從萬里無雲的夜空皓皓地灑落下來，亮到幾乎不需要燈火。

熄滅照亮手邊的燈臺的火，正準備回家的敏次，聽到腳步聲，停下了動作。

「嗯？」

「喲，敏次大人，你還在啊？」

來的是成親。

敏次慌忙行個禮。

「原來是成親大人啊，您也忙到這麼晚……」

成親笑著揮揮手說：

「沒有啦，我只是留下來參加宴會，現在正要去……」

說到這裡，他露出想起什麼的表情。

「敏次大人，你現在要回家了嗎？」

「咦？啊，是的，都收拾好了。」

「那麼，跟我去參加宴會吧？」

聽到直爽的邀約，敏次的思考大約停頓了三分鐘。

「什麼……？」

敏次不由得反問，成親依然笑嘻嘻地回他說：

「去參加賞月宴會啊，行成大人也會參加，偶爾去一次也不錯吧？」

敏次的臉瞬間發白。

「呃、呃，成親大人，請等一下，我怎能參加皇上主辦的宴會……！」

成親用力抓住驚慌失措的敏次的肩膀，露出無敵的笑容，不假思索地說：

「你是我提早離開宴會的藉口。」

這回敏次真的無言了。

「啊……？」

◇　◇　◇

昌浩和小怪在黑夜的路上疾馳，追逐妖獸。

車之輔說要送他們去，可是，總不能搭妖車到皇宮。而且，昌浩希望起碼可以把為了保護真純而碎裂的笙，送回源家。

源家的人不知道笙壞掉的理由，所以看到笙的身體一個晚上就變成四分五裂，會很驚訝吧！但是，那個付喪神一定想陪在平安歸來的小少爺身旁，天兒它們看到它回來也會很高興吧！對它們來說，笙是很重要的家人。

昌浩用禁縛術把術士困住，交由小妖們監視。小妖都恨透了綁走真純又毀掉笙的術士，不但團團圍住他，還用蜘蛛絲再把他一圈圈捆起來。性格開朗活潑的小妖，該生氣的時候還是會生氣。

想起覆蓋在小孩子身上的碎裂竹管，昌浩就快窒息了。

「笙……」

他緊緊咬住嘴唇，強忍著不讓眼角發熱。
在他旁邊疾馳的小怪，擔心地看著想忘記那一切而甩著頭的他。
「昌浩，你還好吧？」
「什麼好不好？」
「沒什麼……」
決定尊重昌浩故作平靜的心情，沒有再往下說的小怪，忽然甩個尾巴，仰望天空。
「是白虎的風？」
「咦？」
昌浩跟著往上看時，一道強風和兩道神氣在他前面降落。
十二神將白虎與六合悄然無聲地出現了。
「你們兩個是怎麼了？源真純呢……」
六合訝異地看著氣喘吁吁的昌浩，小怪回他說：
「源真純沒事，但是，我們慢了一步，被妖獸逃走了。」
「我們猜妖獸是去找藤原綱基了。」
在小怪之後接著說的昌浩，握起了拳頭。
「即使他是壞人，我們也不能眼睜睜看著他死掉。白虎，送我們到皇宮。」
其實一點都不想救他。是他自作自受。但是，知道他會被殺死，就不能見死不救，
也不該那麼做。

理性與情感相對立，但是，昌浩的理性還能克制情感。

即便如此，昌浩還是掩飾不了他的懊惱。白虎摸摸他的頭，嚴肅地點個頭說：「我知道了。」

神氣的風包住所有人，高高飛了起來。太接近地面，很可能被正在仰望這個美麗月亮的京城居民看見。這是白虎擔心的事。

即便是春天，風還是會冷，而且是越高越冷。

身為神將的白虎、六合與小怪是無所謂，但身為人類的昌浩就不行了。

「好……冷……」

牙齒合不起來，抖得咔嘰咔嘰作響。把小怪的白色身體纏繞在脖子上，也只是圖安心的，沒什麼作用。

被纏繞在脖子上的小怪，滿臉苦澀地看著同袍。

「喂，六合，把靈布借給他啦。」

「喔。」

六合點點頭，脫下鼓滿風高高飄揚的靈布，遞給了昌浩。

「謝……謝……」

嘎答嘎答直打哆嗦的昌浩，斷斷續續地道謝後，把深色靈布從頭頂披下來。連臉都看不見的他，就那樣保持沉默垂著頭。

看到昌浩那個樣子，小怪用尾巴輕輕拍了一下他的背。昌浩動動肩膀，依然垂著頭，回看夕陽色的眼眸。

「不要給自己太大的壓力。」

昌浩驚訝地張大眼睛，嘴巴似乎有話要說，卻吞下聲音，緊閉起來，只對小怪點了點頭。

有雙手伸向了他，向他求救。他握住了那雙手，卻覺得沒辦法緊緊握住。

他能做的事真的很少，沒辦法全部承擔起來。

即便如此，卻還是想盡可能張開自己的雙手，這算是傲慢嗎？

「我……還不成氣候……」

昌浩的喃喃自語鑽進了小怪的耳朵。白白的長耳朵甩動一下，夕陽色的眼眸閃過光芒。

「就是啊，你還是個半吊子。」

「……」

「但是，有這樣的自覺絕不是壞事，總比自鳴得意好。」

被戳到痛處的昌浩，把臉從靈布的縫隙探出來。小怪對他抿嘴一笑說：

「對吧？晴明的孫子。」

昌浩的眉間蹙起了更深的皺紋，正要反駁時，被白虎叫住了。

「昌浩，要在哪裡下？」

不覺中已經快到皇宮上空了。

今晚是皇上主辦的滿月宴會。殿上人大多去了寢宮的紫宸殿，尚未被允許上殿的貴族應該都聚集在南庭。

「綱基大人是在……咦？」

定睛凝視的昌浩，感覺從北方吹來的強風不太對勁，發出訝異的聲音。

一陣風降落在皇宮一隅，靠近燈火亮光照不到的宴會會場的松樹林。

「剛才那是……」

「是太陰的風吧。」

小怪回應了昌浩的猜測。

它的眼睛可以看得比昌浩遠。夕陽色眼眸盯著黑夜的它，眨了一下眼睛。

「晴明？」

它看見穿戴烏紗帽、直衣的老人，快步走向了寢宮。

「可能是不想走路，所以搭太陰的風來吧。」

六合回應了疑惑的昌浩：

「不對……高龗神召他去，剛才他應該是去了貴船。」

「高龗神召他去？為什麼？」

「因為……」

收到六合的視線，白虎替他回答：

「去貴船途中遇到六合，我就跟他來這裡了，所以高龗神為什麼召晴明去，我們也不知道。」

「這樣啊。」

昌浩望向與黑夜融為一體的北方靈峰，眨了眨眼睛。那裡看起來並沒有什麼異狀。

被召去的晴明，又回來參加宴會了，可見沒什麼大事。

當神召喚他、被稱為皇上但也是人類的人也召喚他時，若沒有什麼特殊情況，他通常會以前者為重。

所以昌浩決定事後再問太陰怎麼回事，一行人降落在宴會會場的松樹林。

成親和昌親兩兄弟，以輕快的步伐走在表情僵硬的敏次前面。

「敏次大人，你還好吧？」

驚慌失措的敏次提起精神，對回頭關心他的昌親說：

「沒、沒事、沒事，我很好。」

明顯緊繃的表情，正好與他說的話相反。昌親嘆著氣瞥大哥一眼。

「大哥，強迫他陪我們來，太委屈他了。」

「我才沒強迫他呢，對吧？敏次大人。」

成親說得理直氣壯，回頭看敏次。

「是！」

敏次幾乎是半反射性地回應。但是，他的確是在啞然無言時被硬拉來的，所以怎麼想都是「強迫」。

但他不能這麼對成親說，因為成親是曆部的博士，身分比他高，而且是他最尊敬的行成大人的好朋友。

「你真的不用顧忌，我這個哥哥就是有點霸道，所以你不願意的時候一定要說清楚，不然他會硬來。」

「什麼嘛，昌親，說得好像我很難搞。」

「我沒說你難搞，只是覺得有時候會被你連累。」

「你呀……」

「呃、呃，兩位請不用替我擔心。」

敏次不知所措地聽著兩人的對話，昌親笑著對他說：

「我哥哥雖然霸道，但不會記恨，所以你不用想太多哦，敏次大人。」

敏次不由得停下腳步，注視著昌親。昌親和成親也停下來，面向敏次。

「敏次大人？是不是我說錯了什麼話？如果是，對不起。」

看到昌親過意不去地道歉，敏次慌忙搖著頭說：

「不、不是！不是那樣，只是……呃……我並不是不願意來……真的。」

他自認為頗了解成親的為人，知道他即使拒絕，成親也會笑著尊重他。

成親會不顧對方的意願，硬拉著對方去做什麼，但絕對不會硬逼對方去做打從心底厭惡的事。敏次還認識另一個這樣的人。

所以，不知不覺就被他推著走了。

「我只是想……像我這種沒地位的人，不管與你們之間私交多好，也不該跟你們一起出席皇上主辦的宴會……」

成親指著弟弟，對支支吾吾的敏次說：

「這小子是天文生，所以跟你的立場差不多。」

「沒錯，我也只是哥哥的藉口之一。」

被稱為「小子」的昌親，滿不在乎地點著頭。敏次驚慌地說：

「昌親大人的成績比我好太多了，是優秀的人才，而我……還是個乳臭未乾之輩……」

「真是的……敏次，你的優點就是這麼耿直、表裡一致。」

聽見突然插入的聲音，三個人都往後看。

帶著苦笑的行成，不知何時冒出來了。

「喲，行成大人，當紅的藏人頭[5]怎麼會在這裡呢？」

「參議為則大人說沒看到女婿，很擔心，所以我出來散散步，順便找人，就找到這裡來了。」

成親半瞇著眼睛笑說：

「你是打算直接回家吧？」

5.藏人所是就近服侍皇上，並掌管宣旨、上奏、儀式等宮中大小雜事的單位，有藏人頭、五位藏人、六位藏人、出納、雜色等職員。

「我已經謁見過皇上，隨時都可以溜走了。」

「那麼，我也學你。」

聽到成親正經八百地說出這句話，行成大驚失色。

「你說什麼啊，成親大人，你不能那麼做吧？為則大人可是為了你費盡心思呢，你還是要露個面。」

「不、不，讓行成大人單獨回去，被我岳父知道的話，他一定會罵我，所以請務必讓我陪你一起回去。」

敏次呆呆看著行成與成親之間的應對，昌親悄悄對他說：

「我哥哥不太喜歡宴會，所以……」

「哦……」

成親邀自己參加時，就很坦白地說「你是我提早離開宴會的藉口」。

行成也是順利完成宴會的籌備後，覺得已經盡到義務，就想趕快離開了。

不分身分高低，有人幾杯黃湯下肚就會喋喋不休。行成就是人太好，總是會成為傾聽的一方。

「即使要伺機離開，也要先去露個面，否則後果不堪設想。」

「你也這麼想？那就沒辦法了。」

「等適當時候我再叫你吧？」

「那就拜託你了。」

看到兩人達成協議，昌親鬆了一口氣。
「看來我們兩人也可以解脫了，敏次大人，謝謝你陪我們到這裡。」
昌親溫和地瞇起眼睛。
敏次才開口說：「不會……」就聽見從松樹林傳來的微微怒吼聲。
他與昌親同時轉移視線。
「剛才那是……？」
「好像是誰在叫喊。」
在他們前面交談的成親與行成的表情，跟剛才完全不一樣了。
同一時間，響起野獸遠吠般的聲音，他們看見有身影破風而來。
「那是什麼？」
纏繞黑暗的無數身影，衝進了松樹林。
「剛才那是……妖氣。」
聽到昌親警戒的語氣，敏次馬上衝了出去。
「這裡怎麼會有妖怪？」
成親稍後也追上了敏次，與他一起追上來的行成問：
「那些妖怪和剛才的聲音是……」
這時又響起兩個人的叫聲，打斷了行成的話。
幸好有月光，還勉強看得見腳下的路。他們直奔松樹林，來到比較空曠的地方。

有兩個人躺在地上，還有無數的野獸群聚。

「塔利茲、塔坡利茲、夏近明、塔拉拉桑坦、御延畢索瓦卡！」

敏次的詠誦築起了光芒閃爍的保護牆，把衝過來的妖獸彈出去，並囚禁起來。但是，又有其他妖獸跳過慘叫著摔落地面的妖獸撲過來。

成親滑到敏次的保護牆前面，很快結起手印。

「嗡、波庫、坎！」

又出現新的妖獸，從旁邊齜牙咧嘴地撲向結手印的成親。

昌親很快在半空中畫出五芒星大叫：

「縛！」

被五芒之網困住的野獸直直摔落地面。

這時又響起了其他吼叫聲，成親「啐」地咂舌。

「還有啊？」

成親和昌親負責對付妖獸，敏次和行成負責保護可能是剛才被妖獸攻擊的兩個人。

在月光下仔細一看，才知道是源繁和藤原綱基。

呻吟了一會後張開眼睛的綱基，粗暴地甩開敏次的手，搖搖晃晃地站起來。

在妖獸的吼叫聲中，綱基怒不可遏地咒罵：

「那些傢伙在幹什麼……！」

醒過來的繁抓住了綱基的腳。

「唔，放開我，臭小子……！」

綱基用力剝開他的手，正要把他一腳踹開時，被敏次介入阻止了。

「綱基大人，您要做什麼？」

「哼，你是誰啊？」

敏次狠狠瞪著綱基說：

「我是陰陽生敏次。我不知道你們兩位之間有什麼過節，可是，您不覺得您太過粗暴嗎？」

在與綱基對峙的敏次後面，繁被行成扶了起來。

繁激動到全身顫抖，對著綱基咆哮。

「我的兒子……真純……在哪裡……！」

敏次和行成都不由得望向繁，心想他在說什麼？

但是，綱基若無其事地冷哼了一聲。

「你在說什麼啊？喔，快到演奏的時間了。」

抬頭仰望月亮的綱基，帶著陰沉的眼神笑了。

「源大人，你的身體狀況這麼差，今晚恐怕不能擔任樂師的職務了，還是快點離開吧。只要你這麼做，說不定你擔心的事也不會發生哦。」

「是你把真純……！」

繁猛然撲上前要抓住綱基時，被行成阻止了。

「住手！」

「你讓開！這傢伙、這個男人把我兒子……」

激烈反駁的繁，發現眼前的年輕人是右大弁兼藏人頭、並深得左大臣道長信賴的藤原行成，頓時臉色發白，閉上了嘴巴。

但行成追問他：

「源大人，綱基大人把你的兒子怎麼樣了？」

「沒、沒有，是我搞錯了……」

繁握緊拳頭，顫抖著肩膀，沒有辦法再往下說。

在松樹林暗處看著這一切的昌浩，正要衝出去時被人抓住了肩膀。

「咦?!」

他回頭一看，有個老人滿臉嚴肅地站在視線前。

「爺爺！」

「你這身打扮出去，會有麻煩。」

「咦？啊……」

不由得低頭看自己的昌浩，想到自己沒戴烏紗帽也沒結髮髻，是放下頭髮的男童裝扮，還披著深色靈布。不但非常怪異，也不是成年男性應有的裝扮。

而且，穿著狩衣、披著靈布的可疑術師，對敏次來說恐怕還記憶猶新。

昌浩把嘴巴抿成了ㄟ字形。晴明覺得他那樣子很好笑，在他額頭上彈了一下，但很快轉換成嚴肅的表情。

「宵藍把源真純小少爺平安送到家了。」

「是嗎……」

鬆口氣的昌浩，察覺晴明的右肩有道神氣。

應該是送晴明來這裡的太陰。因為小怪就在昌浩腳下，所以她繼續隱形，與小怪保持一段距離。

「操縱妖獸綁走真純小少爺的術士呢？」

「他在荒廢的宅院，由小妖們監視，而且被昌浩的禁縛術困住，逃不了的。」

小怪說完甩甩耳朵，昌浩也點頭應和。晴明命令昌浩留在原地，自己走向行成等人。

昌浩盡可能移到比較靠近的地方，躲在粗大的樹幹後面。在這裡聽得見說話聲音，也勉強可以看到臉。不過月光太亮，要小心被發現。

六合與白虎都隱形了。至於小怪，要有強大的靈視能力才看得見它。

躲起來的昌浩悄聲嘆息，心想如果可以像神將那樣隱形該多好。

「嗡阿比拉嗚坎、夏拉庫坦！」

突如其來的犀利真言，瞬間改變了現場的空氣。

「爺爺……！」

成親和昌親異口同聲低嚷。儘管老了，晴明的靈力還是無人能及。

僅僅一句真言，就讓大群妖獸的動作變遲鈍了。

晴明結起火炎印後，對兩個孫子下令。

「成親、昌親，自己保護自己！」

兩人慌忙築起保護牆。

「禁！」

就在橫向畫出一直線的兩人面前出現保護牆時，從晴明全身迸出驚人的力量波動。

「南無馬庫沙啦巴塔、塔牙帝亞庫、沙拉巴波凱別庫、沙拉巴塔塔啦塔、顯達馬卡洛夏達、肯迦基迦基、沙啦巴畢基南溫塔拉塔、坎曼！」

被召喚來的不動明王的火焰猛烈熾熱，被看不見的火焰吞噬的妖獸，都痛苦掙扎滿地翻滾。

「嗯……？這是……！」

晴明一陣愕然。

被燒到失去原形的野獸們，體內存在著另一個波動，與連接黑暗的妖氣正好相反，閃爍著微弱的光芒。

「難道是……」

昌浩察覺老人的表情有異，疑惑地盯著妖獸們。

「有人類的魂魄被吞進了野獸肚子裡……？」

「咦?!」

臉色發白的昌浩集中精神搜尋，果然如小怪所說。

晴明解除手印，拍手擊掌。

「一二三四、五六七八、九十。」

接著，響起了祓詞，用來保護被吞進野獸體內的靈魂。

野獸被不動明王的火焰焚燒，但無辜的靈魂有神威保護。

「他依然是無人可匹敵……」

成親半感嘆半驚奇地低喃，昌親也猛點頭表示同意。

敏次雖是一般人，但與行成、繁、綱基不一樣，多少能理解狀況。第一次看見安倍晴明施法的他，看得目不轉睛。

「太厲害了……！」

即使看不見明王的火焰，也能感受到強烈的靈氣，強烈到身體直打哆嗦。

野獸被燒成灰後，長年被囚禁在體內的微微發亮的無數靈魂得到解放，升上了天空。

那些靈魂的數量，就是綱基指使術士害死的人的人數。

「行成大人，這些野獸是綱基雇用的術士操縱的妖獸。」

晴明的手一指，原本什麼都沒有的黑夜，就浮現出了非季節性的螢火蟲般的朦朧圓形亮光。

「這是……！原來透過晴明大人的法術，我也能看見啊！」
「是的，這些都是被綱基指使的術士逼死的人的悲慘下場。據我的式神報告，綱基還綁架了源繁大人的兒子真純小少爺，用他來威脅源繁大人。」
倒抽一口氣的行成，狠狠瞪著綱基，心想終於有了確鑿的證據。
「綱基大人，請你把事情說清楚吧？」
「我不知道你們在說什麼，證據在哪？你們要如何斷定，是不是這個晴明在說謊？」
都到這個地步了，綱基還在裝傻。成親氣得面色鐵青要撲上去，被昌親阻止了。
「哥哥！不可以！」
「證據?!對，的確沒有證據，但是，我都看見了！九年前，聽說他猝死時，我看見你笑了！」
「快住手，哥哥！很遺憾，那不能成為證據……」
昌親拚命拉住哥哥要揮下去的拳頭，成親顫抖著放下了拳頭。
打人很容易，但是，那麼做也無法揭開真相。
一直沒說話的敏次，用缺乏抑揚頓挫的聲音喃喃說道：
「九年……前？」
突然，哥哥說的話浮現腦海。
——最近有個曆生跟我很好，每次跟他說話都會變得口無遮攔……
他是不是說那個人是安倍晴明的孫子呢？

「成親大人……我哥哥生前是不是跟您很好呢？」
被有些茫然的敏次一問，成親露出複雜的表情，默默點著頭。
敏次的思緒陷入混亂。
被綱基雇用的術士操縱的野獸們，體內有被綱基陷害而死的人們的靈魂。
與成親是好朋友的康史，在九年前猝死於被褥中。
聽到康史死亡的消息，綱基為什麼笑了？
種種情緒如濁流般，在腦海裡骨碌骨碌旋繞。
不會吧？不會吧？不會吧？不會吧？
努力想從乾渴的喉嚨擠出什麼話來的敏次，彷彿被什麼人呼喚般，無意識地轉移了視線。
一隻特別龐大的妖獸，被明王的火焰燒成了灰燼。
當灰燼散去，出現了白色的人影。
其他靈魂都變成朦朧的螢火，唯獨那個人影不知為何還保有生前的模樣。
「什麼……」
「難道是……！」
成親和行成都啞然失言。
敏次的眼睛張大到不能再大了。
他不可能認不出那個身影。

「哥哥……」

宣告子時的鐘聲，還要再過些時間才會響起。

◇ ◇ ◇

那裡面，有他的真情祈求。

求神保佑——

◇ ◇ ◇

出現的康史似乎無法理解發生了什麼事，一臉茫然，視線飄忽不定。

轉來轉去的眼睛，最後停在張口結舌呆呆佇立的行成身上。

康史眨眨眼，不敢相信似的歪起了頭。

然後，發現成親也在行成附近，更是張大了眼睛。

『你們兩位為什麼老了這麼多？』

那是不符合現場氣氛的散漫口吻。

太過震撼而茫然若失的敏次，聽到毫無警覺的語調，才回過神來。

他走到康史前面做確認。

疑惑地盯著陌生男孩的康史，突然張大了眼睛。

『這張臉……你總不會是敏次吧……?!』

敏次做了個深呼吸。

九年不見了，康史的一舉手一投足都沒有改變。

所以，敏次才能這麼鎮定。

在眾人屏氣凝神的注視下，敏次挺起背脊，用力地點著頭說：

「是的，我是敏次，哥哥。」

『你突然長高了，聲音也變了呢。』

「不是突然……哥哥，你知道自己現在是什麼狀況嗎？」

被突然長大的弟弟這麼一問，康史合抱雙臂，嗯嗯地沉吟。

『最合理的說法是我在作夢吧？』

早猜到哥哥會這麼說的敏次，嘆著氣回應：

「是啊，我也很希望這是夢，然而，並不是。」

『那麼，是某種法術嗎？』

康史顯得很疑惑，敏次堅強地對他說：

「也不是……不過，嚴格來說，或許有點符合……」

安倍家的人看著他們之間的應對，察覺到一個事實。

那就是敏次並不打算自己說明，而是想讓康史自己領悟。

因為不論他人怎麼說，當事人不能接受就沒有用。

萬一不能接受而滯留在這裡，康史就會永遠在現世徘徊。

根據規定，人死後，必須渡過河川或鑽過門。

最好是能夠自己領悟，自己前往冥府。若是不能，陰陽師就要採取行動。

在一旁靜觀的晴明，覺得脖子一陣冰涼。

「他果然在看……」

感覺應該是穿著黑色衣服的冥官，正在某處看著事情的發展。

如果晴明等人無法解決，他就會揮出無情的刀刃。最好能避免那種狀況。

晴明悄悄做出了結印的手勢，成親、昌親和躲在松樹後面的昌浩都察覺了。

陰陽師知道如何把死者送往冥府，可以讓死者不痛苦、平靜地踏上旅途。

敏次鎮定地接著說：

「聽著，哥哥，很遺憾，我和行成大人、成親大人的模樣，都比你記憶中老了好幾歲，這是事實。」

『嗯——既然你這麼說，一定就是吧，因為你最討厭說謊了。』

嗯嗯點著頭的康史微微一笑。

『那是你的一大優點，但太過僵硬、筆直的東西都容易折斷，所以這也是我最擔心的地方。』

敏次心頭一震。

哥哥的眼眸是如此平靜。看著突然長大的敏次，哥哥的眼眸從頭到尾都如此平靜，沒有改變。

敏次的眼眸大大搖曳，肩膀顫抖起來。

「哥……哥……」

『嗯。』康史點點頭，帶著苦惱的笑，過意不去地道歉說：『好不容易約定了時間，我卻爽約了，對不起，敏次。』

康史其實知道，自己已經不在這世上了。

他知道，但捨不得馬上踏上旅途，怎麼樣都放不下。

只要是陰陽師都知道，這樣的眷戀會扭曲人心，在不覺中抹去一切，讓死者變成漫無目的的徘徊的死靈。

時間不多了，離別的時刻不斷逼近。

成親做了個深呼吸。

「時限是子時……」

這是直覺。

所有人都這麼覺得。

康史只能在這裡待到亥時結束。當宣告子時的鐘聲響起，他就必須前往冥府。

「最好由我們其中一人送他走。」

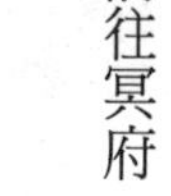

昌親悄悄提起，成親嚴肅地回他說：

「必要的話，就由我或你或爺爺送他走……」

他邊說邊轉移了視線。昌親循著他的視線望過去，發現小弟躲在松樹後面。

小弟注視著康史和敏次兄弟的眼神，似乎強忍著悲痛，再嚴肅不過了。

「昌浩……你也有跟我們一樣的覺悟吧……」

另一方面。

在月光中，康史滿面笑容，眼神跟九年前完全一樣。

『沒想到可以見到你成年的模樣，已經在工作了吧？哪個部門？』

敏次帶著難以形容的心情苦笑起來。沒剩多少時間了，康史在意的卻是這件事。

「我現在是陰陽寮的陰陽生。」

『陰陽寮？好意外，我還以為你會進中務省或內藏寮呢。』

「那種地方比較適合哥哥。我原本是想……在陰陽寮學習，以後應該可以協助哥哥。」

但是，現在是為了自己學習。

只剩自己可以保護父母了。沒有身分背景的自己，要有所成就，唯獨取得特殊技能才能造就壓倒性的有利形勢。做出這樣的結論後，他找行成商量，行成也說了同樣的話。

『這樣啊……父親與母親就拜託你了。』

「請放心，沒有問題。」

敏次以成熟的表情回應。康史把手伸向了他，沒有實體的手指，穿透了弟弟的頭。

康史的笑容浮現悲戚。明明知道這是無可奈何的事，但再也摸不到弟弟的現實，還是強烈刺痛了他的心。

『偶爾也要放鬆肩膀的力量。太過緊繃，會因為一些小事就崩潰。』

敏次難過地瞇起了眼睛。康史像個孩子般，嚷嚷著「我想跟你去玩」的身影閃過腦海。

啊，那之後已經過了九年。

說好去釣魚的約定沒能實現，自己的年紀也著實增長了。

然而，哥哥的年紀不會再增長，再也不可能跟自己一起走過歲月了。

他為這件事感到悲傷，真的、真的很悲傷。

但是，他不能表現出來。他的悲傷會成為哥哥的眷戀。他不能讓哥哥因為有所遺憾，而停留在這個世間。

康史忽然抬頭仰望月亮。

『好美的月亮，很高興最後可以跟你一起欣賞這樣的月亮。』

敏次也抬起頭來。

月亮已經快升到天空的邊際了，皎潔的月光灑落地面。侵肌透骨的冷風，就像看不見的刀刃，負責斬斷大家的猶豫。

『之前都沒什麼時間跟你交談……以後也不可能了。』

聽到哥哥一再說好想去釣魚，敏次拚命壓抑激動的心情。

「不可以太貪心，其他靈魂連這樣交談的機會都沒有……」

疑惑湧上心頭。

對了，被野獸吞噬的其他靈魂，都沒有這樣顯現生前的模樣，就直接升上天空消失了。

為什麼只有康史可以保有生前的模樣、生前的心，跟自己交談呢？

『怎麼了？』

敏次對訝異的康史說出了自己的疑惑。

「為什麼哥哥被野獸吞噬了，卻沒怎麼樣呢……啊，說沒怎麼樣也有語病。」

康史眨眨眼睛，破顏而笑。

『啊，一定是因為我有這個。』

在懷裡窸窸窣窣摸索的康史，拉出了一個白色的東西，遞給敏次看。

「啊！」

那是……

『這東西還真靈驗呢。』

「守……袋……」

那是九年前敏次從神社求來的。

神社裡排列著白色守袋。

他一看見，就毫不猶豫地拿起來了。

那裡面，有他的真情祈求。

求神保佑。

保佑哥哥。

然而，神沒有保佑哥哥。

隔天早上哥哥就死了，敏次茫然地思索著：

神沒有保護哥哥。

他一直、一直都這麼想——

「原來……神……保佑了……哥哥……」

康史溫柔地對啞然無言的敏次說：

『好像只有這東西可以帶去那邊……謝謝你，敏次。』

敏次搖著頭，說不出話來，只能接二連三地搖頭。

他一味地壓抑再壓抑，直到最後的最後都不讓自己崩潰，堅守住最後一道防線。

晴明走到這樣的敏次旁邊。

「敏次大人，時限快到了……讓我送你哥哥一程吧，以免他迷路。」

然而，敏次拒絕了曠世大陰陽師的提議。

「不，」他毅然抬起頭，平靜地說：「那是身為親人的我該做的事。」

「對不起，是我多事了……」

晴明往後退，敏次微微向他行個禮說：

「謝謝您的關心，晴明大人。」

敏次在胸前合掌，做個深呼吸，祈禱聲音不要顫抖、心不要顫抖。

他要以陰陽師的身分，送靈魂去冥府。

『你要送我去嗎？那我就放心了。』

「交給我吧。」

忽然，康史像是想起什麼，眼睛亮了起來。

『欸，敏次。』

「什麼事？哥哥。」

『若有來世，希望我們能再做兄弟。』

敏次的眼眸淚光搖曳。

『然後，這回一定要去釣魚——就這麼約定了。』

「……」

敏次無言地點點頭。

那是最後一句話、最後一個笑容。

敏次毅然決然地擊掌拍手兩次。

「謹以坐鎮高天原之皇親神漏岐、神漏美之神詔，恭請八百萬神等齊集商議……」

大祓詞琅琅響起。
祈禱能借用神的力量，讓康史平靜地、安詳地渡過那道河川。
不過，那個聲音跟敏次平時的聲音不太一樣。
「懇請天之神、國之神、八百萬神等應允——」
就在送走靈魂的瞬間，大祓詞中斷了。
同時響起了宣告子時的鐘聲。
「敏次……」
躲在松樹後面的昌浩看見了。
那個總是挺直背脊、昂首闊步的敏次。
低著頭、握緊拳頭、顫抖著肩膀。
溢出再也忍不住的嗚咽聲。
昌浩早上就看過這個光景了，當時是隱約看到了不久後的未來。
他覺得不該看，於是抱起小怪，背向了敏次。
沒有人靠近敏次，只看著他劇烈顫動的背部。
「……嗚……！」
行成想起今天早上敏次說的話。
——說起來很過分，我哥哥死了，我卻一滴眼淚都沒掉……
行成終於了解其實並不是那樣。

敏次不是一滴眼淚都沒掉，而是哭不出來。
康史死得太突然、太突然了。
因為沒能履行約定，所以心的一部分凍結了。
經過九年的時間，現在終於融化了。
晴明仰望月亮，細瞇起眼睛。
那道陰影消失了。
他占卜出來的「與逝者之邂逅」的卦象，真的靈驗了。

然後，還是子之刻

昌浩披著六合的靈布，大步走在夜晚的京城大路。
高掛天邊的月亮，就快落下了。
登登走在昌浩旁邊的小怪，抬頭看著昌浩，甩甩耳朵。
「你不回家嗎？」
昌浩的腳不是往安倍家的方向走。
「我要回家啊，可是……」
總覺得心情有點沉重，所以想在外面晃一下。
藤原綱基下了詛咒，所以應該會因此受到嚴厲的懲罰。
聽說會盡可能追溯過往，把可以立案的事件統統立案。
向來嫌詛咒、咒殺之類的事很棘手而不想碰觸的成親，也率先主動幫忙。
應該是為了發洩九年來的憤恨吧。
沒多久，冷靜下來的敏次為自己的失態道歉就回家了。
昌親說要送他回家，但敏次說自己回去沒關係，委婉但堅決地拒絕了。
現在他只想獨處。
「不知道敏次大人會不會把哥哥的事告訴父母。」
昌浩不由得喃喃說道，小怪跳到他肩上反問他：
「如果是你，會不會說？」
被反問的昌浩陷入了沉思，小怪沒有催促默默思考的他。

昌浩迎著冷風，暫時漫無目的地往前走。

「如果是我就不說。」

半晌後昌浩才這麼回答，小怪回應他：「是嗎？」

「因為說了，父母會傷心，最好不要讓他們知道咒殺這種事。」

這件事敏次一定會隱瞞他的父母一輩子，因為他會相信這麼做最好。

或許他不知道這麼做對不對，但決定後，就會貫徹到底。

「我也會忘記今天的事，我想爺爺和哥哥們應該也是同樣的想法。」

小怪搖晃長長的尾巴說：

「我想也是。」

晴明、成親、昌親都像這樣，心中埋藏著好幾件不能告訴他人的事。

今後，昌浩也會有越來越多這樣的事。

埋藏在心中，既痛苦又傷神，有時甚至會覺得快要崩潰了。但是，無論如何都不能輸給那樣的壓力。

陰陽師必須承擔比其他人更多這樣的事。

這是個宿命的職業。

但是，昌浩相信，儘管痛苦的事不少，開心、喜悅的事應該也不少。

走很久了。要擺脫在腦中骨碌骨碌盤繞的事，最好的方法就是走在風中什麼也不想。

昌浩停下來，嘆了一口氣。

「昌浩？」

小怪盯著他看，他淡淡一笑說：

「差不多該回家了，小怪。已經過半夜了，再不休息，我一定會累垮。」

用夕陽色的眼眸深深注視著昌浩的小怪，對昌浩抿嘴一笑，說：

「我想也是，好，回家吧。」

「嗯。」

昌浩轉身往後走，隱形的六合跟在他後面。

六合察覺遠方的氣息，眨了眨眼睛。

『昌浩——』

「嗯？怎麼了？六合。」

回頭往後看的昌浩滿臉疑惑。

正要往下說的六合還來不及說，無數的妖氣就逼過來了，叫聲響徹雲霄。

「發現孫子——！」

「不要叫我孫子！」

大軍壓境的百鬼夜行，抄起反射性怒吼回去的昌浩，繼續往前跑。

「哇?!等等！喂，你們要去哪——！」

◇ ◇ ◇

一陣風降落在靜謐的貴船後殿。

翩然著地的是，魂魄從軀殼脫離，以年輕模樣出現的安倍晴明。

他的手上拿著一瓶酒。

「欸，晴明，你幹嘛刻意使用離魂術？你看青龍的臉又氣成那樣了。」

年輕人淡淡一笑說：

「以實體出現會受不了寒冷。」

寒冷與壽命，該以哪邊為優先呢？晴明選擇了寒冷。

太陰露出了苦到不能再苦的苦瓜臉，晴明摸摸她的頭，轉過身去。

不知何時，高龗神已經以人形現身在船形岩上了。

「你來晚了，安倍晴明。」

「對不起，讓祢久等了，高龗神。或許不能用來表示歉意，但是，我帶這個來了。」

晴明舉起酒瓶給高龗神看，高龗神苦笑著說：

「那個供品最好能討我這個神的歡心。」

「那就要請祢親身品嘗確認囉。」

接著，晴明從袖子裡拿出了兩個陶杯。

斜眼看著高龗神與晴明在船形岩上暢飲起來的太陰，深深嘆了一口氣。

「貴船的祭神是因為正月的酒好喝，所以把晴明叫來。如果大家知道是這種微不足道的理由，一定會出大事……」

尤其是青龍和天后的反應最可怕，光想像就忍不住全身發抖。

「我不能說，絕對不能說！」

個子嬌小的神將，抱著頭蹲下來。貴船的祭神根本不在乎她的苦惱，超開心地喝著酒，晴明也神采奕奕地陪著祂喝。

這時候，另一道風降落。太陰猛然抬起頭，發出了狼狽的聲音。

「嗚咽咽～白虎！」

身材壯碩的白虎，看看哭著跑過來的太陰，再看看在船形岩上的暢飲，就知道所有來龍去脈了。

「原來是這樣……不能告訴青龍……」

太陰用力點著頭。白虎摸著她的頭，仰天長嘆，似乎在說：「我什麼也沒看見。」

皎潔的月光照耀地面，直到黎明將近。

◇　◇　◇

昌浩非常不高興。

「有問題……」

「嗯，是啊……」

小怪記得之前也有過類似的對話，但還是嘆口氣回應他。

「有問題，絕對有什麼問題。」

「不是有什麼問題，是根本就有問題。」

昨晚他也是被帶來這間荒廢的宅院。

無數隻心情大好的小妖，在宅院裡忙來忙去。

昌浩兩眼發直，喃喃發著牢騷：「為什麼我會在這裡？」

小怪可以理解他的心情，所以沉默不語。它知道不小心說錯話，昌浩一定會把憤怒的矛頭轉向它。

「源真純平安回到家了，已經沒我的事了，它們是在幹嘛啊？」

「是這樣的。」

不知道什麼時候走到昌浩旁邊的魑鳥，舉起一隻翅膀歪起了頭。

「哇！」

「是你啊，不要嚇人嘛！」

小怪皺起了眉頭，魑鳥滿不在乎地笑著說：

「喲，嚇到你們了嗎？對不起耶。可是，式神，你沒發現我，會不會有點糟糕？」

「嚇到的不是我，是這小子。」

小怪指向昌浩，鸕鳥點頭表示理解。

「啊，真的呢。喂，孫子。」鳥妖對臭著臉的昌浩淡定地說：「你忘了你昨天晚上沒帶笛子回家吧？你看，是蜘蛛老爹幫你收著了。」

轉頭一看，蜘蛛老爹用一對手高舉著昌浩的龍笛，用其他三對腳向這裡走過來，說了一聲「給你」，把笛子還給了昌浩。

「謝……謝謝。」

「哎呀，沒什麼啦，你幫了我們那麼多忙。」

蜘蛛老爹啪唏啪唏拍拍昌浩的背，又窸窸窣窣地走開了。

從剛才到現在，每隻小妖都忙得不可開交。

小怪覺得奇怪，骨碌環視周遭一圈，開口問：

「喂……你們在做什麼？」

從宅院屋頂傳來了回答的聲音。

「賞月宴會就要開始啦。」

「對、對，我們說好事情全部解決後，就像人類那樣舉辦宴會。」

「是付喪笙的提議。」

抬頭一看，猿鬼、龍鬼、獨角鬼正把不知從哪弄來的食物排列在屋頂上。

那些食物是從哪弄來的呢？這麼想的昌浩，怕會想出可怕的結論，所以想到一半就打住了。最好不要深入追究小妖們的行徑。

只要不會對人類造成決定性的傷害，應該都可以睜一隻眼閉一隻眼。

「說得也是，它們都付出了心力救真純小少爺……」

不經意地這麼喃喃自語的昌浩，一陣悲痛湧上心頭。

支離破碎的付喪笙，應該已經被送回源家宅院了，不知道後來怎麼樣了？

昌浩與源家表面上沒有任何關係，所以，他想確認也沒有理由登門拜訪。

這時候，有個巨大的身影與小小的身影，從昌浩旁邊走過去。

「吱喳喳、吱喳吱喳吱喳吱喳吱喳、吱喳喳、吱喳喳。」

譯：那麼，就把水池前面當成舞臺囉？笙大人。

「是啊，那裡大家都看得到，又有月亮映在水面上，別有風味。」

「吱喳吱喳吱喳喳、吱喳吱喳喳、吱喳吱喳吱喳吱喳喳吱喳。」

譯：我都沒想到呢，不愧是笙，跟我們的眼光都不一樣。

「哪有啊，是舞方大人先選擇了水池旁，我才想到的。」

低著頭的昌浩和抬頭看著屋頂的小怪，緩緩轉過頭來。

「喂，等等……」

舞方和付喪笙聽見兩人異口同聲發出來的低嚷聲，同時回過頭去。

「吱喳？」

譯：什麼事？

「啊？」

昌浩和小怪都懷疑自己的眼睛。

那個明明已經支離破碎的付喪笙，竟然一副沒事的樣子，斜斜站在月光下。

昌浩忘了禮貌，直直指著笙。

「這、這、這、這是……！」

笙驚訝地看著說不出話來的昌浩，先回過神來的小怪逼問它說：

「你、你不是壞掉了嗎?!」

付喪笙眨眨眼睛，靦腆地把右手繞到身體後面說：

「因為我是付喪神啊。」

昌浩在嘿嘿笑著的笙面前跌坐下來。

「昌浩?!」

瞪大眼睛的小怪要衝過去時，聽見昌浩顫抖著肩膀低聲咒罵，就停下來了。

「可……惡……」

把我的悲傷、哀嘆、追悼的感情統統還給我！

「今後我再也不會同情小妖啦……！」

這是他打從心底的呼喊。

「說得一點都沒錯。」

小怪的心情也跟昌浩一樣。

就在它唉唉嘆氣時，旁邊有道神氣降落。

驚訝的小怪瞪大了眼睛。

「勾，怎麼了？」

合抱雙臂的十二神將勾陣，嘴上帶著恬淡的笑。

「你們遲遲不回來，所以我來看看怎麼了。」

隱形的六合也現身了，儘管面無表情，卻用有著豐富情感的雙眸，望著荒廢的宅院。

「看來是被邀請來參加小妖的宴會了。」

「哦？真風雅呢。」

「等等，再怎麼想，那都叫綁架。」

小怪駁斥順口回應的勾陣，夕陽色的眼眸閃爍著厲光。

「陰陽師幹嘛要來參加小妖的宴會呢？很奇怪吧？以常理判斷。」

「也對啦，你說得有道理。」

勾陣點頭表示同意。小怪正要接著往下說，就聽見小妖在屋頂上大叫。

「喂——要開始囉。」

「大家都到齊啦。」

「快把癱坐在那裡的孫子帶過來！」

「不要叫我孫子——！」

昌浩大吼一聲，猛然站起來，大步走向水池邊。

小怪不由得目送他憤怒的背影離去。

「他要入席嗎？」

六合疑惑地眨了一下眼睛。

「好像是。」

「這樣好嗎？儘管還是半吊子，畢竟也是個陰陽師啊。」

「本人覺得好就好吧？」

勾陣毫不猶豫地回應了有所質疑的小怪。

「也對啦，昌浩覺得好就好……可是，我總覺得哪裡有問題。」

小怪用一隻前腳靈活地搔著臉頰一帶。突然，昌浩對著它大叫：

「小怪！」

「嗯？」

「來吹笛子，露一手給大家瞧瞧！」

突如其來的要求，把三名神將都驚呆了。

但昌浩沒有停止。

「再怎麼說，你都是位居眾神之末，怎麼可以輸給付喪神的音樂！哼！」

從震撼中振作起來的小怪，不解地歪著頭說：

「這跟那有什麼關聯呢？我完全搞不懂。」

「我也是……」

六合也跟小怪一樣無法理解，剛剛才到的勾陣就更不用說了。
但比起滿腦子問號的最強鬥將和第四強鬥將，一點紅的恢復速度就快多了。
「反正也沒什麼大問題，有什麼關係呢？」
「是嗎？」
瞇著眼睛滿臉疑惑的小怪，被昌浩一再催促，最後還是屈服了。
「變成我吹也太奇怪了。」
小怪眨個眼，變回紅蓮原貌，昌浩把拿回來的笛子塞給了他。
「拿去。」
「哦。」
紅蓮不情不願地接過龍笛，皺著眉頭動起了十根手指。
「很久沒吹了，等一下。」
要大略試吹每個音階，找回感覺。
「應該還好吧……」
試吹後，紅蓮就在水池邊坐下來，弓起一隻腳，思索著該吹什麼。看著他的勾陣突然站起來，拔起腰間的筆架叉走到前面。
「勾陣？」
「勾，怎麼了？」
昌浩滿臉驚訝，紅蓮也一肚子疑惑。勾陣看著他們，燦爛地笑著說：

「這是十二神將騰蛇幾百年才演奏一次的音樂，當然要錦上添花啦。六合，跟我搭配。」

被點名的六合百般不情願地嘆口氣，走到勾陣前面，拿出了銀槍。

神將同袍表演舞劍，是前所未有的光景，恐怕連晴明都沒看過。

「真是大卡司呢，但觀眾都是小妖哦，這樣真的好嗎？」

聽到紅蓮出自內心的這番話，六合眨了眨眼睛，勾陣興致盎然地笑著。

昌浩則是──

「原來十二神將真的什麼都會呢……」

既讚嘆又懊惱的昌浩，在心裡不斷地重複發誓，無論如何，至少都要學到一般人的程度。

在月光下，伴著活潑的笛音，開始了華麗的舞劍。

◇　◇　◇

回到家的敏次，帶著老舊的書箱和一瓶酒、兩個杯子，走到外廊。

在外廊坐下來，把酒倒進杯子裡，一杯放在自己前面，一杯放在對面。

那杯是給曾說過在他元服之禮後要跟他喝一杯的哥哥。

然後，他打開書箱，拿出老舊的守袋，輕輕放在對面杯子的後面。

九年前，喪禮結束後，他本想把這個守袋丟進河裡。

——怎麼樣都捨不得丟。

「還好沒丟……」

那裡面的真情祈求，神全都收到了。

他拿起杯子微微舉高，抬頭仰望月亮。

手上的杯子裡，也有圓圓的月亮映在酒面上搖曳著。

——嘿，敏次。

忽然，耳邊響起了呼喚聲，敏次的眼皮顫動起來。

在潔白的月光中，他似乎看見了思念的哥哥的和藹臉龐。

『若有來世，希望我們能再做兄弟。』

嗯，是啊。

『然後，這回一定要去釣魚——就這麼約定了。』

這回——一定要去。

後記

相隔很長一段時間才出版的新書，是睽違已久的番外篇。

藤原敏次這個男人，在剛出場時被嫌到爆，後來隨著故事的發展，顛覆了讀者對他的評價，漸漸博得大家對他的喜愛，成了不可或缺的存在。

從敏「次」這個名字，可以知道他是次子。那麼，長子呢？為什麼沒有出現？究竟發生過什麼事？

以前曾提過無數次的關於敏次的哥哥的種種話題、以及棲宿在京城的小妖們，是這個故事的焦點。現在這個故事終於編輯成一本書，可以呈獻給各位讀者了。

為了增修，我重看了這個故事。仔細一算，居然是十年前寫的……有那麼久了嗎？驀然回首，時光的流逝真的快得驚人。

即便如此，還是有很多想寫的東西、非寫不可的東西。我深深覺得，可以這麼想是很幸福的一件事。

從這一集開始，由伊東七生老師接下 ASAGI 櫻老師的棒子，繼續為《少年陰陽師》系列作畫。

對 ASAGI 櫻老師的感謝，千言萬語盡在不言中，說什麼都只顯得膚淺。

所以，只能百感交集地說一句：

「謝謝。」

目前，從《陰陽師．安倍晴明》系列的單行本第三集開始、以及角川文庫版的封面，都是由伊東七生老師負責插畫。

我想，已經替我寫的陰陽師故事畫過插畫的伊東老師，應該可以把這個世界畫得更深入、更新奇，所以我明知希望渺茫，還是去拜託伊東老師，沒想到老師欣然允諾了。

以嶄新面貌呈現的這一本書，基本上是由京城的所有正式角色編織而成的故事，我覺得這也是不可思議的巧合。

或許我沒資格說這種話，但我還是要說，像這種出場人物都笑咪咪的故事，最近很少見……幾乎是……完全沒有。

所以，感覺就像昌浩等人齊聚一堂，歡迎伊東老師。

但願真的是這樣。

從道敷篇結束到這本番外篇出版，真的真的讓大家久等了。

從來沒有隔這麼久過，所以我找責編商量該怎麼辦。

光：「因為這樣，所以我想乾脆來個很久不曾有過的兩個月連續出版！不過，應該有困難吧？」

Y：「我就在等妳這句話！那麼，就在七月、八月出版！」

……呃，有這麼好說話的責編，我覺得實在太幸福了。

所以，八月一日還會再出版另一本番外短篇集。

這一本預定收集的內容，有榎岦齋在道敷篇說「我曾戰勝過預言」時的故事，以及彰子（不是藤花的彰子時代）、成親、敏次與某神將糾纏不清的角色的短篇故事。

在新的篇章開始之前，希望大家可以透過短篇集，回想起《少年陰陽師》的種種故事。

那麼，下一本書再見了。

結城光流

國家圖書館出版品預行編目資料

少年陰陽師．肆拾捌，真情之守 / 結城光流著；涂愫芸譯．-- 初版．-- 臺北市：皇冠，2017.06
面；　公分．--（皇冠叢書；第 4622 種）(少年陰陽師；48)
譯自：少年陰陽師．48, そこに、あどなき祈りを
ISBN 978-957-33-3301-2(平裝)

861.57　　　106006760

皇冠叢書第 4622 種
少年陰陽師 48

少年陰陽師——
真情之守

少年陰陽師 48
そこに、あどなき祈りを

Shounen Onmyouji ㊽ Sokoni Adonaki Inorio
©Mitsuru YUKI 2016
First published in Japan in 2016 by KADOKAWA CORPORATION, Tokyo.
Complex Chinese translation rights arranged with KADOKAWA CORPORATION , Tokyo
through TOHAN CORPORATION, Tokyo.
Complex Chinese Characters© 2017 by Crown Publishing Company Ltd., a division of Crown Culture Corporation.
All Rights Reserved.

作　　者—結城光流
譯　　者—涂愫芸
發 行 人—平雲
出版發行—皇冠文化出版有限公司
台北市敦化北路 120 巷 50 號
電話◎ 02-27168888
郵撥帳號◎ 15261516 號
皇冠出版社（香港）有限公司
香港上環文咸東街 50 號寶恒商業中心
23 樓 2301-3 室
電話◎ 2529-1778　傳真◎ 2527-0904
總 編 輯—龔穗甄
責任主編—許婷婷
責任編輯—陳怡蓁
美術設計—嚴昱琳
著作完成日期— 2016 年
初版一刷日期— 2017 年 6 月

法律顧問—王惠光律師
有著作權 · 翻印必究
如有破損或裝訂錯誤，請寄回本社更換
讀者服務傳真專線◎ 02-27150507
電腦編號◎ 501048
ISBN ◎ 978-957-33-3301-2
Printed in Taiwan
本書定價◎新台幣 260 元 / 港幣 87 元

• 陰陽寮中文官網：www.crown.com.tw/shounenonmyouji
• 皇冠讀樂網：www.crown.com.tw
• 皇冠 Facebook：www.facebook.com/crownbook
• 小王子的編輯夢：crownbook.pixnet.net/blog